En attendant minuit

Claude Michelet

En attendant minuit

ÉDITIONS FRANCE LOISIRS

Cet ouvrage est une fiction ; toute ressemblance avec des personnages existant ou ayant existé serait donc fortuite.

Édition du Club France Loisirs,
avec l'autorisation des Éditions Robert Laffont

Éditions France Loisirs,
123, boulevard de Grenelle, Paris
www.franceloisirs.com

ISBN 2-7441-6454-2

En souvenir de tous ceux qui étaient là-bas
et de toutes celles qui les attendaient

Les millénaires n'ont pas suffi à l'homme
pour apprendre à voir mourir.

André Malraux
Les Noyers de l'Altenburg

On ne voit partout que des veuves
dont les maris sont vivants.

Bernard de Clairvaux

Mercredi 20 décembre 1916

Ferme des Combettes. 22 heures

Malgré la pesante fatigue qui l'écrasait, Marthe jugeait inutile d'aller se coucher. Car, en dépit de l'envie qu'elle avait de se glisser entre les draps de lin que surmontait l'énorme édredon – rare pièce de son trousseau –, elle savait qu'il était vain de chercher le sommeil.

Quoi qu'elle fît et malgré son épuisement, il ne viendrait pas avant des heures. Car, sitôt les yeux fermés, l'assailliraient toutes les sombres pensées qu'elle parvenait à dompter, tant bien que mal, dans la journée mais qui guettaient sa moindre faiblesse pour l'envahir.

Alors, comme chaque soir, tout en se répétant qu'elle devait absolument reprendre des forces et être ainsi prête, dès le lendemain, à sauter du lit à cinq heures sonnantes, elle s'installa au coin de l'âtre, dans le cantou. Là, jambes au ras des braises et dos au chaud contre les pierres tièdes, elle prit son tricot et tenta de s'absorber dans sa tâche, de maîtriser son angoisse.

Autour d'elle, tout reposait dans la maison. Dans la

première chambre, la sienne et celle des enfants, dormaient Louise et Albert - neuf et dix ans -, blottis l'un contre l'autre ; ils rêvaient, pouce dans la bouche comme le prouvaient les bruits de succion qui émanaient parfois de leur couche. Ici, dans la deuxième chambre, résonnaient par moments les caverneuses éructations et les ronflements non moins bruyants d'Octavine, sa belle-mère, endormie depuis plus d'une heure. Enfin, couchés en face d'elle, de l'autre côté du foyer, sur le petit banc de paille, ronronnaient les deux chats. Et le silence de la nuit n'était troublé que par les craquements des brandons en fin de combustion auxquels faisaient écho les cliquetis des aiguilles tressant la laine et le monotone et grave tic-tac de la grande pendule à balancier.

Ce soir, comme tous les mercredis, Marthe avait remonté les lourds poids de fonte. Et même dans cette modeste tâche, elle n'avait pu s'empêcher de penser qu'elle faisait là un travail qui n'était pas le sien, mais celui du chef de famille. Alors, comme toujours et parce que personne n'était là pour l'obliger à cacher ses sentiments, à feindre une inébranlable solidité, elle avait failli succomber au chagrin, à cette vague de larmes qu'elle refoulait pendant la journée. Comme toujours, depuis plus de deux ans, elle s'était reprise, consciente que la moindre faille dans sa défense pouvait ouvrir d'insondables abîmes de détresse. Et c'est d'une main ferme que, comme chaque soir, elle avait rayé ce jour du 20 décembre 1916 sur le calendrier des postes. Rayé ce huit cent soixante et onzième jour écoulé depuis le départ de Jean, le 2 août 1914. Et depuis presque vingt-huit mois, elle luttait.

Pour elle, l'essentiel était de tenir, coûte que coûte. Tenir, s'accrocher à l'espoir, s'y agripper avec toute la volonté du monde. Se dire, se répéter que le ciel l'épargnerait, ne lui imposerait pas l'horreur de l'épreuve tant qu'elle, Marthe Carnion, épouse de Jean Laval depuis le 7 avril 1905, aurait le courage de se battre, de se tenir droite, chaque instant, chaque heure. Tant qu'elle saurait donner à Louise et à Albert un visage point trop marqué par l'angoisse. Tant qu'elle parviendrait à leur offrir un regard de mère dont le sourire devait toujours masquer les larmes, cacher l'angoisse. Tant qu'elle lutterait de toutes ses forces pour dompter cette immonde et destructrice peur lovée en elle. Une peur malsaine et lancinante qui l'avait possédée dès qu'avait retenti le tocsin alors que Jean, sa mère, sa grand-mère et elle-même, autour de qui glanaient les enfants, étaient en train de moissonner le blé dans la Pièce-Longue, la meilleure, la plus généreuse de la propriété.

Ce jour-là, vers dix-sept heures trente, résonnant dans un ciel superbe, vide de tout nuage, s'étaient répondus les tocsins de toutes les églises des villages environnants.

D'abord le plus fort, car le plus proche, celui de Coste-Blanc, leur village à eux, là où Jean et elle avaient fréquenté la même école, pendant les mêmes années, suivi le même catéchisme du vieil abbé

Cardoux lequel, plus tard, avait béni leur mariage. Une union qui semblait inscrite de toute éternité puisque, autant qu'ils s'en souviennent, Jean et elle, dès leur prime enfance et malgré leur différence sociale - il était fils de propriétaire, et son père à elle était métayer -, s'étaient reconnus et aussitôt aimés. Coste-Blanc, village de quelque cinq cents âmes, si calme en temps de paix et que bouleversait soudain le son grave et lancinant de ce maudit tocsin. Un chant de malheur, aussitôt repris, amplifié et porté sur tout ce coin de Corrèze par les cloches de Noailles, de Nespouls, de Chasteaux, de Chartrier.

— Eh bien voilà, ils ont gagné ! avait dit Jean en s'appuyant sur le manche de sa longue faux de moissonneur et en essuyant d'un revers du bras son front couvert de sueur.

— Tu crois que c'est... ? avait murmuré sa grand-mère Aurélienne qui, malgré ses soixante-douze ans, était là pour grouper les gerbes que venaient de lier sa fille et Marthe.

— Bien entendu que c'est la guerre ! Qu'est-ce que vous croyez, que tous les marguilliers du coin s'amusent à sonner le tocsin pour annoncer un incendie dont on ne voit nulle part la fumée ?

— Tu ne vas pas au village ? avait demandé Octavine, la mère de Jean.

Marthe s'était alors retenue pour ne pas hausser les épaules. Elle n'ignorait rien de ce qu'allait faire Jean. Elle savait que, pour lui, tout était prêt ; que depuis déjà deux jours l'attendait son modeste baluchon sur lequel, ouvert à la bonne page, reposait son livret militaire qui, sur papier rose, lui intimait l'ordre de se présenter à la caserne Brune, de Brive, dès le premier jour de la mobilisation générale.

Tout était prêt car, dans les jours précédents, Jean, lors d'un passage à Coste-Blanc, avait appris, de la bouche du maire, Victor Delbos, que le gouvernement se préparait à rappeler sous les drapeaux les classes dites d'active et de la première réserve, c'est-à-dire celles qui descendaient jusqu'à 1908, mais aussi, et c'était le comble, celles de 87 et 88, donc des vieux d'au moins quarante-six ans à qui on allait faire garder les voies ferrées. À cette annonce, Jean ne s'était fait aucune illusion.

— Nous serons les prochains, tu peux préparer ma musette...

— Mais pourquoi ? Tu as déjà fait tes trois ans de service et tes périodes ! Ça ne leur suffit pas ? s'était-elle insurgée.

Elle refusait de croire qu'il allait devoir partir, l'abandonner, elle et les enfants, peut-être pour plusieurs semaines ; la laisser avec la belle-mère et la grand-mère, à charge pour elle de gérer leur ferme de neuf hectares, de s'occuper de leurs quatre vaches, des dix brebis caussenardes, de la truie et, en prime, de finir les moissons !

— Oui, avait-elle insisté, tu as déjà fait tes trois ans et c'est même à cause d'eux qu'on n'a pas pu se marier plus tôt ! Ça ne leur suffit pas à ceux qui décident là-haut, à Paris ?

— Mon service et mes périodes ? Justement, ils ne vont pas m'oublier ! Crois-moi, je ferai partie des prochaines classes mobilisables. Pense, je suis de la 2, ils ne vont pas se priver de nous rappeler, et vite fait encore ! D'ailleurs, d'après le père Delbos, tous les politiciens et même beaucoup de citadins n'ont qu'une envie, se foutre sur la gueule, se battre ! Tous veulent en découdre, sauf Jaurès bien sûr, mais lui, le maire a toujours dit qu'il était prêt à nous vendre au Kaiser et à ses Pruscos ! Moi, je ne dis pas qu'il faut faire la guerre à tout prix, mais je dis qu'il faut se défendre si on nous attaque, et ça ne va pas tarder, quoi qu'en pense cet âne de Jaurès !

— Le père Delbos est pourtant du même parti que lui, avait relevé Marthe qui, bien que peu au fait des choses politiques, entendait parler Jean et ses amis.

— Oui, bien sûr, ils sont du même bord, avait-il dit en haussant les épaules, mais tu sais ce que je pense de Jaurès et des autres, moi, je les mets tous dans le même sac...

Il ne s'était jamais passionné pour la politique et, à l'entendre, n'avait nulle envie de s'en préoccuper, quoi qu'il arrivât. Et s'il votait pour Victor Delbos, socialiste et maire depuis bientôt vingt ans, ce n'était point par idéal politique mais simplement parce que celui-ci, charron de son état et très compétent en la matière, n'était ni sectaire ni plus anticlérical qu'il n'était décent. Il était surtout un très bon gestionnaire et la majorité de ses administrés ne lui en demandait pas plus.

D'ailleurs, si Jean s'entendait bien avec le responsable de la commune, il avait aussi de bonnes relations avec l'abbé Fraysse. Il est vrai qu'ils étaient de la même classe et qu'ils s'étaient rencontrés et connus pendant leurs trois ans de service au sein du 14e de ligne cantonné à Brive jusqu'à son remplacement par le 126e R.I. en 1907.

Cela étant, pas plus que pour la politique, il ne s'intéressait à la religion. Et si, de même qu'il remplissait son devoir de citoyen lors des élections, il entrait à l'église pour les enterrements, ses engagements n'allaient pas au-delà de ces rares démarches.

Lui, ce qui le passionnait, c'était sa terre, ses bêtes, son travail journalier, sa ferme. Ce qu'il appréciait, pendant les veillées d'hiver, c'était les parties de belote coinchée avec les voisins et amis, ou, dès la chasse ouverte, d'aller traquer lièvres, perdreaux et bécasses dans les collines environnantes. Ce qu'il aimait enfin, et depuis toujours, c'était elle, Marthe, à qui il avait fait deux beaux enfants. Elle qu'il adorait tant étreindre, certains soirs, avec une ardeur de jeune homme, lorsqu'il était certain que Louise et Albert dormaient et que les ronflements de sa mère et de sa grand-mère, de l'autre côté de la cloison, lui prouvaient que personne n'entendrait les échos étouffés de leurs ébats.

Et, à cette évocation, si précise et tendre, Marthe frémissait comme jadis lorsque, après avoir baissé au maximum la mèche de la lampe à pétrole, Jean chuchotait :

« J'aime te voir... » avant d'ajouter : « Tout le monde dort... » Et cette annonce suffisait pour que, déjà, elle se sente tout accueillante, tout amollie, partenaire et complice.

Mais Jean était parti depuis huit cent soixante et onze jours. Aussi, pour ne pas succomber à la détresse générée par cette absence, elle devait se faire violence pour chasser de sa mémoire toutes ces trop brûlantes sensations. Mais comment oublier les mains de Jean qui, pour toutes calleuses qu'elles fussent, devenaient la douceur même lorsqu'elles glissaient sur son corps, le redécouvraient avec une curiosité et une audace toujours renouvelées ? Comment ne pas se souvenir des frissons que ses lèvres savaient faire naître, les si délicieuses et longues unions et cette bienfaisante quiétude qui suivait lorsque, comblés l'un et l'autre, ils reposaient côte à côte, pleinement heureux ?

Parce qu'elle savait d'expérience à quel point de telles images devenaient très vite douloureuses et déchirantes, elle tentait toujours de les chasser de sa mémoire et, pour cela, cherchait à s'accrocher à d'autres pensées ; elle s'efforçait de reprendre le déroulement de tous ces mois accumulés depuis le départ de Jean. Alors défilaient d'autres images et, comme en ce samedi 1er août 1914, résonnait aussi de nouveau le tocsin de Coste-Blanc, de Noailles, de Nespouls, du pays tout entier...

Mercredi 20 décembre 1916

Tranchée des Revenants. 22 heures 05

Malgré l'écrasante fatigue qui l'assommait, Jean Laval savait qu'il devait s'interdire de dormir. Mais il était tellement épuisé qu'il était obligé de se caler contre la terre ruisselante d'eau pour moins tituber. De s'installer tant bien que mal dans ce coin de tranchée malgré l'épouvantable odeur - mélange de boue mille fois piétinée et de cadavres dont il devinait çà et là, dans les proches boyaux effondrés, les pauvres et souvent grotesques postures. Et il se répétait qu'il ne fallait pas dormir, mais tout faire pour que sa tête reste droite et ses yeux grands ouverts, attentifs à scruter cette nuit d'encre, toute chargée de nuages qui n'en finissaient pas de déverser leurs flots de pluie.

Il était là pour guetter, et écouter aussi. Car il savait que les ennemis étaient juste devant, peut-être à moins de trente mètres, ou plus loin, ou plus près encore... Mais en face, prêts à abattre quiconque serait assez inconscient pour se dresser à l'extérieur de ce boyau puant au bout duquel il veillait, ainsi que ses compagnons. Ils étaient là, non loin, à quelque vingt-cinq mètres pour le plus proche, tapis comme des taupes et aussi transis que lui, grelottants de froid et de peur. Froid et peur qui étaient pourtant insuffisants pour chasser l'insidieux sommeil qui allait le terrasser, à la moindre inattention.

Mais, il le savait d'expérience, s'il cédait à la tentation, ne serait-ce que trois secondes, de baisser la nuque et de laisser son menton se reposer sur le col de sa capote, il était perdu. Il allait, debout, sombrer dans ce sommeil tant attendu, dans ce repos dont il était privé depuis tant de jours. Combien d'ailleurs ?

Il en avait perdu le compte depuis longtemps, ce qui lui rendait encore plus vivace le souvenir d'une nuit complète dans un lit confortable ; avec de vrais draps et des couvertures qui n'empestaient ni la moisissure ni la crasse et vides de toute vermine ; d'une nuit avec Marthe, lors de sa dernière permission.

Certes, trois semaines plus tôt, le 126e de ligne, désormais seul régiment de Brive depuis que lui avait été attribuée la totalité des réservistes du 326e, avait bénéficié de quelques jours de repos à l'arrière du front. Mais le cantonnement, pour calme qu'il fût car loin des artilleurs allemands, n'en était pas moins une espèce de caravansérail, un agglomérat de ruines, de guitounes, de gourbis sur lesquels, comme partout, chutait sans discontinuer une pluie glaciale.

Malgré elle et l'inconfort des châlits, il avait quand même dormi, mais peu et très mal car souvent dérangé par les hurlements des copains assoupis que visitaient d'effroyables cauchemars ; ou bousculé par ceux qui regagnaient leur paillasse après avoir vidé quelques quarts de médiocre pinard, voire d'une mauvaise eau-de-vie, plus apte à déchausser les dents qu'à apporter quelque semblant d'euphorie.

Aussi ressentait-il un besoin de dormir de plus en plus incoercible mais qu'il devait pourtant dompter, maîtriser. Alors, faute de pouvoir se doper un peu en fumant cigarette sur cigarette - la moindre lueur émanant de la tranchée risquait de déclencher un tir de mortiers ennemis en batterie dans le village de Barleux -, seuls lui restaient les souvenirs et la méditation.

Toutefois, même avec les souvenirs, il savait devoir se méfier. Beaucoup étaient trop précis, trop doux, trop émollients, plus prompts à saper le moral qu'à entretenir la vigilance.

Malgré cela, par petites touches, il jugeait bon et vivifiant de plonger dans le passé, de se remémorer quelques tranches de vie, quelques périodes de son existence. Mais elles lui paraissaient alors si lointaines, reposantes et paisibles que, plongé comme il l'était dans l'enfer, elles devenaient irréelles, inconcevables. Il savait pourtant que sa mémoire ne le trahissait pas, que chaque détail évoqué était vrai, précis.

Ainsi se revoyait-il gamin, dans l'école de Coste-Blanc avec, aussi vifs et espiègles que lui, les copains d'alors : Séraphin, Louis, Jules, Émile. Mais aussi, et surtout, lui apparaissait la silhouette de Marthe, cette petite fille aux nattes brunes qu'il avait tout de suite eu envie de mieux connaître, de protéger. Marthe qui, d'emblée, l'avait subjugué par son regard direct, franc, ses yeux marron foncé, son sourire lumineux ; mais aussi son aisance à suivre et à retenir toutes les leçons de M. Delmont, leur instituteur. Car autant il était lui-même très souvent distrait et peu réceptif aux enseignements du maître, autant elle les retenait sans difficulté, avec une aisance qui le stupéfiait. Il était vrai qu'alors, et très souvent, il ne se donnait pas la peine d'écouter le maître car il ne pensait qu'à la chasse aux merles, à coups de lance-pierres, qu'il allait faire dès la classe finie ; ou encore très très loin des règles de trois, du baptême de Clovis ou de 1515 il était absorbé, mains cachées sous un livre ouvert, par la confection de quelques collets à alouettes...

Alors, dans ces conditions, autant Marthe avait brillé lors du certificat d'études - elle était arrivée quatrième du canton - autant les notes de l'élève Jean Laval, de la ferme des Combettes, avaient pâti de son manque d'attention.

Piètre consolation, ses résultats n'étaient pas les plus mauvais de la classe, mais quand même insuffisants pour décrocher le diplôme. À son étonnement, et alors qu'il s'attendait à d'acerbes remontrances de sa mère, celle-ci avait eu un geste de la main, comme pour chasser le problème, et conclu :

— Comme tu ne seras jamais fonctionnaire, mais que tu sais lire, écrire et compter, ça te suffit bien pour être paysan. Et c'est ce que tu es maintenant puisque tu n'es plus obligé d'aller à l'école !

Cette réflexion ne lui avait pas déplu, mais elle n'avait pas suffi à lui faire oublier la phrase que Marthe lui avait lancée un peu plus tôt :

— Quand même, tu aurais bien pu l'avoir, ce certificat, rien que pour me faire plaisir...

Il en était resté coi avant de balbutier :

— Pourquoi tu m'as pas dit ça plus tôt, hein ?

Elle avait haussé les épaules, un peu fataliste, puis souri, de ce sourire qui le désarmait et accélérait les battements de son cœur, avant de répliquer :

— Tu aurais dû le deviner !

Puis elle avait rejoint son amie Francette, elle aussi diplômée et heureuse ; leur rire l'avait beaucoup plus vexé que son échec. Car autant celui-ci était attendu, autant les propos de Marthe l'avaient touché.

« Pour me faire plaisir ! » avait-elle dit.

Il ne demandait que ça et elle le savait très bien ! Malheureusement, autant il lui avait été simple, pendant les périodes scolaires, d'être prévenant avec elle, autant ça allait devenir difficile. En classe, il avait pu, chaque jour, veiller à ce que nul ne se moque de sa tenue, de ses tabliers, corsages et jupons élimés. Marthe n'était pas la plus pauvre de l'école, mais ses vêtements, maintes fois ravaudés, trahissaient quand même la basse situation de ses parents. Veiller aussi, et surtout, à ce que nul ne s'avisât de la pincer, de lui tirer les cheveux ou de lui lancer dans les jambes quelques sournois coups de sabot. Mais toute cette attention qu'il lui portait - et les rares inconscients qui en avaient ricané l'avaient aussitôt regretté ! -

était possible à l'école. Celle-ci finie, Marthe et lui allaient maintenant être séparés par les trois kilomètres de bois et de champs qui s'étendaient entre leurs fermes.

Alors avait commencé une longue et morose période d'éloignement que ponctuaient seulement parfois quelques fortuites rencontres au village ou encore lors des foires ou des marchés à Brive. C'étaient, pour l'un et l'autre, des moments de bonheur qui, malgré leur brièveté et leur manque d'intimité, leur permettaient d'affiner leurs sentiments, de se refaire la promesse d'être, un jour, l'un à l'autre.

Puis étaient venus les temps où, plus âgés, ils avaient pu se retrouver aux bals, partout où, dans la proche région et les samedis soir, soufflaient en cadence un ou deux accordéons. Enfin était arrivé le jour où, à dix-huit ans, sur un coup d'audace, il avait annoncé à sa mère que Marthe serait un jour sa femme ; dans sa lancée, il avait couru jusqu'à la métairie où elle vivait pour en prévenir son père.

Celui-ci, loin de tomber des nues - sa fille unique l'avait elle aussi averti de leur décision -, avait fait preuve de bon sens. Heureux de savoir que Marthe serait un jour l'épouse d'un propriétaire - lui-même n'avait aucune chance de l'être jamais -, il avait néanmoins rappelé quelques évidences.

D'abord que Jean était mineur pour encore trois ans et que, dès ses vingt ans arrivés, il aurait aussi trois années d'armée à accomplir. Alors, non seulement ça devait leur donner le temps de réfléchir mais surtout les inciter au calme, à la modération et à la prudence dans leurs relations. Bref, à ne pas fêter Pâques avant carême !

Ce dernier propos était inutile, mais le brave homme ne pouvait savoir que Marthe avait déjà réglé l'affaire ; sans détours ni circonlocutions, franchement, comme elle gérait sa vie.

La mise au point datait de peu, pas plus d'un mois. Depuis ce soir de mai qui embaumait les prairies en fleurs et résonnait du chant des rossignols se donnant la réplique. Il faisait bon, et la pleine lune jetait sur toute la campagne une douce lumière d'un bleu laiteux qui, tout en accentuant le noir profond des ombres que projetaient les arbres, éclairait les champs et les prairies presque comme en plein jour. Et les yeux de Marthe scintillaient comme jamais et ses lèvres étaient offertes. Un peu sottement, car il connaissait très bien les principes de la jeune fille, Jean, émoustillé par toutes les danses qu'ils venaient de partager au bal de Noailles, s'était laissé aller à oser quelques caresses trop précises et sans équivoque.

Il n'avait pu pousser plus loin car, sans violence mais avec toute la fermeté dont elle était capable, Marthe l'avait repoussé. Et il avait pu lire dans son regard non pas de la colère mais une détermination sans appel, à tel point que sa phrase était superflue :

— Si tu oses me toucher plus bas que la ceinture, tu auras des claques et tu ne me verras plus !

Dépité, il avait cru s'en sortir en lançant :

— C'est le curé qui t'a mis ça en tête ?

Il savait que Marthe était une honnête paroissienne, mais sans plus ; une fidèle autant par habitude que par ferme conviction. Car si à l'époque où ils avaient fréquenté ensemble le catéchisme de l'abbé Cardoux elle était, là encore, parmi les meilleures et les plus attentives, communion solennelle faite, elle n'était pas pour autant devenue un pilier de la paroisse. Aussi était-il conscient que sa question était stupide, mais déjà fusait la réponse :

— Le curé n'a pas plus que toi à s'occuper de ce qui se trouve sous mes jupons ! De plus, je ne suis pas la mère Angéline, moi !

— J'ai jamais pensé à ça ! avait-il protesté, gêné qu'elle ait pu, un instant, croire qu'il la comparait à la créature en question.

C'était une femme entre deux âges qui, nul ne l'ignorait, avait connu ses heures de gloire et de position horizontale au « Chat qui chante », un bobinard de Brive dont la lanterne rouge peinait à éclairer la sinistre ruelle où il s'abritait, tous volets fermés. Angéline, malade de la poitrine - elle toussait à en perdre le souffle et ses clients n'appréciaient pas cette spécialité -, avait dû abandonner sa profession. Elle s'était installée dans une maison d'une pièce, héritée de sa mère, sise à un demi-kilomètre de Coste-Blanc. Et elle vivait là, grâce à un petit jardin, à quelques poules et lapins mais aussi aux piécettes que laissaient sur sa table ceux qu'attiraient encore ses charmes pourtant bien fanés et que ne rebutaient pas ses quintes aussi violentes que subites.

Jean, malgré ses dix-huit ans et les montées de sève qui le mettaient souvent dans tous ses états, n'avait jamais poussé la porte de la mère Angéline. Aussi d'entendre Marthe se défendre en invoquant l'ancienne pensionnaire du « Chat qui chante » l'avait décontenancé.

Mais cela lui avait aussi prouvé à quel point celle qu'il considérait depuis longtemps comme sa future femme était solide, forte, d'une volonté peu commune. Car, il n'en doutait pas, moins de cinq minutes plus tôt, peut-être à cause de cette si belle nuit et de sa tiédeur, Marthe, pendant qu'il l'embrassait et la caressait, avait presque failli se laisser coucher dans l'herbe et il devinait qu'elle eût apprécié la suite. Mais elle avait réagi avec sa méthode, fermement et sans tergiverser ; et lui, sa pulsion retombée, en avait été admiratif.

— Tu as raison, avait-il dit en lui caressant la joue du revers de la main, mais tu es tellement belle qu'il faut me comprendre. Tu m'en veux ?

— Non. Mais n'oublie jamais ce que j'ai dit. Pas en dessous de la ceinture. Quand tu m'auras conduite devant le maire et le curé, tu te rattraperas. Et moi aussi ! J'y veillerai, crois-moi !

Ils s'étaient rattrapés, ô combien ! Et avec quel brio ! Quel bonheur !

Mais, arrivé à ce stade des souvenirs, Jean, transi de froid au fond de sa tranchée et pour abruti de sommeil et de fatigue qu'il fût, savait qu'il devait y mettre un terme ; ils étaient trop brûlants, trop précis et intimes, trop démoralisants surtout. Car au lieu d'être en ce moment chez lui et au lit avec Marthe blottie tout contre sa poitrine et tout endormie comme elle l'était sûrement à cette heure, il était là, pieds dans la boue, sa capote et ses pantalons tout ruisselants d'eau.

Il était là, peur au ventre, avec, pour seule occupation, outre la surveillance des alentours, la morbide comptabilisation des énormes rats qui, souvent, pour éviter la boue, lui frôlaient les épaules et la nuque en se faufilant sur la banquette de tir de la tranchée. Ces rongeurs, moins fous que les hommes, savaient bien qu'à cet endroit élevé la boue était moins présente qu'en bas, moins épaisse et dangereuse pour eux qui risquaient de s'y noyer.

« Et voilà le neuvième », compta-t-il en s'ébrouant pour chasser la bestiole qui trottinait et couinait non loin de ses oreilles.

« Ne pas dormir, se redit-il, surtout ne pas fermer les yeux. Ne pas dormir ou alors ces saloperies de rats me croiront mort et commenceront à me bouffer. Ils adorent la viande, c'est pour ça qu'ils sont si gras, faut dire qu'elle ne leur manque pas... Ne pas dormir, tenir, m'accrocher, revenir à la pêche aux souvenirs, au temps de paix, quand je pouvais dormir, dormir, dor... »

Mercredi 20 décembre 1916

Ferme des Combettes. 22 heures 15

« C'est vrai qu'on était tous transis en entendant ces tocsins qui se répondaient de paroisse en paroisse, pensa Marthe en posant une bûche de chêne dans le foyer et en attisant le feu, mais il faut bien se souvenir aussi que depuis quelques jours on s'attendait au pire, on devinait que tout était possible. D'abord à cause de l'assassinat de ce pauvre homme dont j'ai perdu le nom, ce presque roi de la Hongrie, je crois. Ça, c'était déjà mauvais signe. Ensuite à cause de ce rappel des classes qui n'avait pas trompé Jean ; et surtout quand on a appris, le samedi à midi, que Jaurès, lui aussi, avait été tué la veille au soir. Jean ne l'aimait pas beaucoup, cet homme, il disait que c'était un monsieur de la ville qui défendait toujours les ouvriers et jamais les paysans. »

— Il a beau jeu de les faire mettre en grève, disait-il, ça ne change pas son salaire, à lui ! Et en plus, la grève, c'est un système de feignants. D'ailleurs, si Jaurès ne s'intéresse pas du tout à nous, c'est parce qu'il a compris que les paysans ne peuvent pas s'arrêter de travailler ! Les bêtes ne nous le pardonneraient pas et en plus on perdrait nos récoltes ! Et puis il est contre la guerre. Ça, il n'a pas tort, il faut être fou pour la vouloir ! Mais il ne prend pas du tout le bon moyen pour l'empêcher ! Tiens, tu te souviens de cette salope de truie qui ne supportait pas de voir les enfants ; elle les chargeait dès qu'elle les apercevait et les aurait tués si on l'avait laissée faire. Elle voulait la guerre, elle ne pensait qu'à ça et nous aurait éventré Louise et Albert si elle avait pu ! Eh bien, le Guillaume, c'est pareil que cette truie, il veut nous étriper, va savoir pourquoi ! Et Jaurès, pour l'empêcher de mordre, tout ce qu'il dit c'est qu'il faut que tout le monde se mette en grève, chez nous et chez les Allemands ! Il n'a rien compris, cette andouille de beau parleur ! Tout ce qu'il faut, avec le Guillaume et ceux qui, chez lui, pensent pareil, c'est faire ce que j'ai fait avec cette pute de truie, les assommer et les saigner ! Tout le reste, c'est rien que des discours de politiciens, et les discours ça n'a jamais arrêté les guerres, jamais !

« Non, Jean ne l'aimait pas beaucoup, Jaurès. Mais quand même, quand on a appris qu'il était mort, ça nous a fait un coup. C'est le facteur, le vieux père Massard, qui nous l'a annoncé en nous apportant le journal, vers midi. On rentrait de la moisson et on allait manger la soupe. Il était bien malheureux, notre facteur, il pleurait quasiment, parce que lui, il est du parti de Jaurès. »

— Il n'y avait que lui qui pouvait nous sauver, a-t-il expliqué en buvant le coup de vin qu'on lui offre toujours quand on est là à l'heure de son passage. Maintenant, a-t-il ajouté, c'est sûr qu'on va à la guerre. Parce qu'on ne m'enlèvera pas de l'idée que c'est voulu, tout ça ! Sûr que c'est un Allemand payé par le Kaiser qui l'a tué, notre Jaurès. Il l'a fait assassiner parce que c'était le seul qui pouvait sauver la paix !

— Vous voulez faire chabrol avec nous ? lui a proposé Jean qui voulait qu'on mange vite pour retourner au travail.

— Non, merci mon petit, il faut que je continue ma tournée. Et puis tout ça me coupe l'appétit. Parce que c'est sûr qu'on va gagner, et très vite même, mais malgré ça, c'est toujours mauvais la guerre, toujours. Moi, je ne garde pas souvenir de l'autre, j'étais trop jeune. Et puis ici, à Coste-Blanc, ça n'a pas trop gêné le monde. Mais mon père qui était là-haut, je ne sais où, dans l'armée de Bazaine, m'a toujours dit que c'était affreux.

— Vous êtes de quelle classe ? lui a demandé Jean en lui resservant un verre de vin.

— De la 83. J'ai fait cinq ans d'armée à l'époque. Mais maintenant, ils ne me rappelleront plus ; à mon âge, je suis rayé des cadres. Et toi, tu es de laquelle ?

— De la 2...

— Alors là, mon pauvre...

— Oui, comme vous dites...

— On va à la guerre, on ne peut pas y couper...

« Il a vidé son verre et il est parti. On a su qu'il avait raison en entendant le tocsin, le soir même ; la guerre était là. Mais ça n'a pas empêché Jean de continuer à moissonner. Ça semble si loin, tout ça. Et pourtant, je m'en souviens comme si c'était hier... »

— Tu ne vas pas au village ? demanda de nouveau la mère de Jean. Moi, à ta place, j'y serais déjà...

Marthe avait toujours détesté la façon dont sa belle-mère s'adressait à son fils. Certes, elle avait pour excuse de l'avoir élevé seule puisque, suite à un mauvais chaud et froid aussitôt tombé sur la poitrine, le père de Jean l'avait laissée veuve alors que leur fils unique venait juste d'atteindre ses deux ans. Farouchement renfermée dans son veuvage et son malheur, Octavine, alors âgée de vingt-deux ans, avait pris en main non seulement l'éducation de son fils mais aussi la destinée de la ferme des Combettes.

Aidée par sa mère, Aurélienne, elle aussi veuve depuis cinq ans, Octavine s'était battue bec et ongles, comme un homme, pour faire rendre leur maximum aux sept hectares que comptait alors la ferme. Elle avait réussi. À la majorité de Jean, alors qu'il lui restait encore deux ans d'armée avant la fin de son service, la ferme des Combettes, sans être la plus belle ni surtout la plus grande de la commune, n'en était pas moins une solide assurance, sinon de richesse, du moins d'aisance pour son propriétaire, Jean en l'occurrence, puisque six des sept hectares lui venaient de son père.

Mais tous les sacrifices et l'énorme travail fourni par sa mère avaient très vite poussé celle-ci vers un autoritarisme sans faille. À tel point que, dans le pays et même en foires de Brive ou de Turenne, nombre de gens s'amusaient à dire, dans son dos :

— Ce n'est pas de la mère Octavine qu'il faut parler, c'est du père Octave ! Il ne lui manque plus que la moustache pour qu'on s'y trompe !

C'était très méchant car elle était suffisamment plaisante pour attirer l'œil. D'ailleurs, beaucoup de ces propos émanaient d'hommes dont on pouvait supposer qu'ils avaient vu rejetées sans appel leurs avances, eussent-elles été honnêtes, c'est-à-dire en vue du mariage.

Octavine, au nom de ce qu'elle estimait être son devoir envers son fils, avait toujours refusé de rompre son veuvage. Et si certaines mauvaises langues, surtout féminines, assuraient que, sans pour autant convoler, elle meublait très volontiers et très souvent sa solitude dans les bras de quelques secrets et solides galants, nul n'avait jamais pu étayer ces perfides allégations. Une seule chose était certaine, elle était aussi autoritaire que robuste à la tâche et le fait qu'elle soit accorte et bien faite ne prouvait pas pour autant qu'un ou plusieurs quelconques veinards aient jamais profité de ses charmes.

C'était d'ailleurs peut-être à cause de ce manque d'amour que son caractère, au fil des ans, était devenu plus rude et piquant qu'un buisson d'épines noires. Aussi, quelle n'avait été sa fureur lorsque Jean, seulement âgé de dix-huit ans, lui avait annoncé que Marthe serait un jour sa femme et qu'il entendait d'ores et déjà la fréquenter officiellement.

— Mais elle n'a pas le moindre bien ! avait hurlé Octavine. Elle n'a même pas de dot ! Rien, pas un sou ! D'ailleurs, comment le pourrait-elle avec un père métayer sur les cinq plus misérables hectares de la commune ! Tu épouseras la fille Latreille, j'en ai déjà parlé à son père, il est d'accord ! Elle au moins a sa dot assurée, elle est foncière, elle aura des terres dans sa corbeille de mariage, et des louis aussi !

— C'est un sac d'os et elle est plus bête qu'une dinde qui a trouvé un napoléon de vingt francs et qui l'avale ! avait ricané Jean qui, en prenant de l'âge et quelque ombre de moustache, n'entendait plus se faire dicter sa conduite par qui que ce soit.

— Tu épouseras Julie Latreille ! Elle est fille unique et elle aura un jour la ferme du Mordaloux pour elle seule ; dix hectares, avec de beaux noyers et une grande truffière !

— Je m'en fous ! Je ne veux pas plus de cette bique que de ses hectares, les miens me suffisent ! J'épouserai Marthe, un point c'est tout et on ne discute plus !

Il avait tenu parole, cinq ans plus tard. Mais sa mère ne lui avait jamais pardonné ce qu'elle jugeait comme une rébellion inadmissible et elle n'avait pas assisté à son mariage. Quant à Marthe, elle l'avait méprisée d'emblée, ne lui adressant la parole que pour lui lancer quelques ordres. Jean était très vite intervenu en rappelant, avec toute la fermeté dont il était capable, que Marthe était sa femme, qu'il ne tolérerait pas qu'on ne la traitât pas comme telle, qu'il ne fallait donc pas la confondre avec une domestique et qu'il entendait ne pas avoir à répéter cette mise au point.

Dès ce jour, Octavine s'était renfermée dans une hautaine et permanente réprobation dès qu'elle considérait que son fils, et à plus forte raison sa bru, ne suivait pas la ligne ou les orientations qu'elle eût elle-même prises si on lui en avait laissé la possibilité. Souvent muette, mais ses regards étaient éloquents, il lui arrivait parfois de ne plus tenir et de tenter de reprendre la main.

En ce 2 août 1914, elle n'avait pu résister.

— Tu ne vas pas au village ? Moi, je suis sûre qu'ils t'attendent tous à la mairie ! lança Octavine pour la troisième fois.

— Vous me fatiguez, mère, coupa Jean en sortant sa pierre à aiguiser du coffin bourré d'herbe humide suspendu à sa ceinture. Oui, vous me fatiguez, redit-il en commençant à affûter sa faux. Je n'irai pas à la mairie car je n'ai rien à y faire. Rassurez-vous, j'ai tout prévu pour demain. Mais, en attendant, il ne fait pas nuit et je veux mettre au moins les deux tiers de cette pièce de froment par terre avant que la lune ne soit levée. Allons, assez perdu de temps, cette guerre qui nous arrive suffira bien pour le gaspiller !

Il passa prudemment le pouce sur le fil de la lame pour s'assurer de son bon affûtage, se tourna vers le blé et reprit son travail.

Mais il n'en avait pas fini avec sa mère car à peine avait-il mis bas la valeur d'une gerbe qu'elle relança :

— Et demain, qui finira le travail, hein ? Qui moissonnera, qui rentrera toutes ces gerbes ?

— Vous, ainsi que mémé et Marthe. D'ailleurs, dès demain et mon départ, Marthe vous dira ce qu'il convient de faire, pour tout !

— Quoi ? Tu... tu veux que..., balbutia Octavine. Et moi alors, je ne suis plus rien, je n'existe plus ?

— Vous êtes ma mère, pas ma femme ! C'est Marthe, et elle seule, qui décidera à ma place. Et tout ce qu'elle dira devra être fait. Exactement comme si c'était moi qui parlais !

— Alors je n'ai droit qu'à me taire ! Tu me rejettes !

— Pas du tout, mais, pour la ferme, n'oubliez pas que les deux hectares que nous avons achetés en début d'année sont autant à Marthe qu'à moi, que j'en ai déjà six qui me viennent de mon pauvre père et que vous n'en avez apporté qu'un seul en dot... Et maintenant assez de parlote, au travail !

Ils œuvrèrent jusqu'à la nuit et lorsque Jean, n'y voyant plus assez, cessa de balancer sa faux, il restait moins du tiers du champ de blé encore sur pied.

— Je pense que tu pourras tout finir demain, dit-il en détachant le coffin de sa ceinture et en le tendant à Marthe.

— J'essaierai, dit-elle.

— Tu réussiras ; mais bats bien la faux avant d'attaquer. Avec tous ces orages qui ont retardé la moisson, la paille est dure comme du poil de chien ! Alors bats ta lame aussi souvent que nécessaire. Tu sauras ?

— Il faudra bien...

— Oui, soupira-t-il en marchant vers la ferme, il faudra bien, pour ça et pour le reste, pour tout le reste...

— Mais dis, tu seras vite de retour, ça ne durera pas ? chuchota Marthe. Elle était blottie contre la poitrine de Jean et était encore tout alanguie, quiète.

Parce qu'ils n'étaient pas sûrs que les enfants dorment, pas plus qu'Octavine et la mémé, ils s'étaient aimés dans l'obscurité, avec fougue mais en silence. Maintenant, loin de pouvoir trouver le sommeil, l'un et l'autre, sans trop l'avouer, étaient assaillis par tous les soucis et, déjà, par la crainte que levait la mobilisation générale.

— Vite revenu ? murmura-t-il, oui, j'espère. Enfin c'est ce que pense tout le monde, et c'est bien ce que dit le journal, tu as bien vu.

Abonné au *Courrier du Centre*, il avait suivi l'évolution de la situation et n'était pas loin de partager l'opinion générale ; à savoir qu'on défilerait à Berlin dans moins de deux mois et que tout le monde serait donc de retour chez soi pour commencer les labours d'automne.

— Et si ça dure plus que prévu ?

— Mais non, mais non, dit-il en la calmant d'une caresse sur la hanche.

— J'ai peur de te voir partir et de ne pas savoir ce qu'il faut faire sur la ferme, avoua-t-elle. Peur aussi de ta mère. Tu sais bien qu'elle ne m'aime pas. Alors, qu'est-ce que je vais devenir si elle ne veut pas m'écouter?

— Tout ira bien. Je lui redirai, dès demain, avant de m'en aller, que c'est toi la patronne, et toi seule! Et que je me fâcherai très fort si je vois que tout n'a pas bien marché quand je reviendrai, dans quelques semaines. Maintenant, il faut dormir, la nuit va être courte, l'omnibus qui passe à Noailles à sept heures six ne nous attendra pas et je n'ai pas envie d'aller à Brive à pied! Dors, insista-t-il en lui passant doucement la main sur le visage pour lui abaisser les paupières.

— Je vais dormir, assura-t-elle tout en sachant que, désormais et chaque soir jusqu'à ce que Jean revienne, le sommeil la fuirait.

C'est en serrant les mâchoires que Marthe, toute sa volonté tendue pour ne pas pleurer, regarda disparaître Jean au bout du chemin qui serpentait vers Noailles.

Cramponnés à sa jupe, Louise et Albert, impressionnés par les larmes de leur grand-mère et de leur arrière-grand-mère, y allaient eux aussi de leurs pleurs. Ils ne comprenaient pas pourquoi leur père, revêtu de ses habits du dimanche et après avoir suspendu sa musette à l'épaule, avait embrassé tout le monde avec une force inhabituelle. En temps normal, quand il allait à la foire ou au marché à Brive, il le faisait sans ces démonstrations, sans proférer toutes ces recommandations. Et puis, qu'est-ce que ça voulait dire : mobilisation générale ? Et en plus, pourquoi leur plus proche voisin, Édouard Feix, de la ferme du Pradel, lui aussi endimanché et besace au dos, était venu rejoindre leur père et était parti avec lui ? Et pourquoi lui aussi paraissait si sérieux, grave ?

— Pourquoi il s'en va, papa ? demanda enfin Louise en reniflant.

— Et où il va ? insista Albert.

— Je vous expliquerai, dit Marthe en espérant qu'aucun des sanglots qu'elle retenait n'allait déformer sa voix.

Elle savait ne devoir faiblir en aucune façon. Désormais la fermeté - voire même la rudesse - devrait être sa ligne de conduite. Faute de quoi, elle le devinait, sa belle-mère profiterait de sa plus petite manifestation de faiblesse pour reprendre aussitôt les guides et gouverner toute la maison. Elle serait alors reléguée à la place que lui destinait Octavine, celle d'une belle-fille non souhaitée qui n'a pas son mot à dire et qui se doit juste d'obéir, et de se faire oublier.

— Bien, on va d'abord s'occuper des bêtes, décida-t-elle, après quoi et vu le beau temps et la chaleur qui se préparent, on ira finir de moissonner la Pièce-Longue.

— Moissonner ? sursauta Octavine, mais vous déparlez, ma pauvre petite ! Et la messe, vous y pensez, hein ? On est dimanche que je sache et il ferait beau voir que...

— On ira moissonner, que ça vous plaise ou non ! C'est ce qu'a décidé Jean et on le fera ! Et, si vous n'êtes pas d'accord, il est encore temps de courir derrière lui et de le rattraper pour le lui demander ! lâcha Marthe d'un ton dont la dureté l'étonna elle-même.

— Mais la messe ! protesta Octavine.

— Si vous voulez m'en croire, il faudra vous en passer aujourd'hui, et même les dimanches à venir ! N'oubliez pas que le curé Fraysse est de la même classe que Jean et qu'ils ont fait leur temps ensemble à Brive. Alors lui aussi est sûrement en marche vers la gare de Noailles, ainsi que tous les hommes du pays, sauf les moins de vingt ans et les vieux de plus de cinquante ! Et tout à l'heure, ils seront tous à la caserne Brune, même notre curé ! Alors, votre messe... Bon, je vais faire téter le veau et traire. Vous et mémé nourrissez la truie et sortez les brebis ; après quoi, on ira finir de moissonner.

— Mais on est dimanche ! essaya Octavine, et le dimanche, chez nous, on ne travaille pas ! On n'est pas des païens quand même !

— On a toujours travaillé quand le temps menaçait et que ça pressait, c'est ce qu'on va faire aujourd'hui. Dimanche prochain on verra !

— Eh bien, vous moissonnerez sans moi, décida Octavine de plus en plus furieuse. Vous voulez jouer aux finaudes avec moi ? On verra bien qui gagnera ! Mais, croyez-moi, ce n'est pas une péronnelle comme vous qui me commandera !

Marthe allait répliquer lorsque, à son étonnement, intervint la vieille Aurélienne. Elle s'était jusque-là contentée de suivre la joute oratoire ; prudente, car connaissant bien sa fille, elle s'était gardée de prendre parti ; quasiment assurée qu'Octavine emporterait la victoire, elle estimait inutile de s'attirer son courroux. Mais la tenue, le ton et les propos de Marthe l'avaient surprise. Elle s'était revue, cinquante ans plus tôt, alors que, jeune mariée, elle avait dû affronter les diatribes de sa belle-mère. Elle n'avait pas osé lui tenir tête à l'époque et l'avait regretté pendant des années. Alors, aujourd'hui, entendre Marthe n'était pas pour lui déplaire...

— La petite a raison, lança-t-elle à Octavine. Elle a raison, on va faire ce qu'elle a décidé. Dans une ferme, tu sais bien qu'il faut un maître, ou une maîtresse, un seul, pas deux ! Jean a dit que c'était Marthe, alors c'est elle. On va aller moissonner.

— Mais... mais, bégaya Octavine qui n'en revenait pas d'être soudain désavouée par sa mère, et minoritaire.

— Viens m'aider à donner la baccade à la truie et après on fera ce qu'a dit Marthe, coupa la vieille Aurélienne.

Dès cet instant, Marthe comprit qu'elle avait, pour l'heure, sans doute gagné la partie. Mais le regard que lui jeta Octavine la prévint aussi qu'elle serait impitoyablement piétinée si elle laissait paraître la moindre défaillance, la plus légère faiblesse.

Mercredi 20 décembre 1916

Tranchée des Revenants. 22 heures 25

« ...dor...mir... Faut pas... », crut s'entendre chuchoter Jean. Puis il réalisa qu'il sombrait dans le sommeil, qu'il n'avait prononcé aucun mot et même qu'une bribe de rêve venait de l'effleurer ; une rapide vision de Louise et d'Albert jouant dans la cour au milieu des volailles, là-bas, aux Combettes.

« Pas dormir », se redit-il. Et malgré le casque qui lui sciait la nuque, il pencha la tête en arrière pour offrir son visage à la pluie qui chutait toujours. L'eau glacée ruissela sur son front et ses joues couvertes d'une barbe de plus de dix jours. Une barbe qu'il savait être devenue blanche depuis longtemps, comme ses cheveux d'ailleurs, lesquels, de bruns qu'ils étaient en août 1914, étaient passés au gris sale l'hiver suivant, puis au blanc.

« Paraît que c'est la peur et les soucis qui font ça, pensa-t-il en se passant la main sur le visage pour mieux se débarbouiller avec la pluie. Enfin, cette salope de flotte va peut-être me réveiller, elle servira au moins à quelque chose », espéra-t-il.

Puis lui revint en mémoire le visage des enfants. De

Louise, juvénile portrait de sa mère, d'Albert qui, paraît-il, lui ressemblait.

« Bon Dieu, si on m'avait dit un jour que les petits me manqueraient à ce point... »

Cela aussi, autant que l'immense et douloureux vide créé par l'absence de Marthe, lui avait été révélé dès la séparation venue.

Au sujet de Marthe, il savait, depuis son enfance, qu'elle lui était aussi indispensable que l'air, qu'il n'était que l'ombre de lui-même sans elle, sa solidité, son appui, son caractère, son corps aussi, bien sûr. Et c'était bien ce qui avait rendu son départ, en août 1914, aussi douloureux, déchirant.

Mais, vis-à-vis des enfants, tout avait été différent. Lorsque tout allait bien, en temps de paix, s'il avait été heureux et fier de cette descendance désirée et faite dans l'amour, une sorte de pudeur masculine l'avait toujours retenu d'être trop démonstratif avec les deux petits. Peut-être par crainte du ridicule, ou parce qu'il croyait que son statut de père réclamait une posture un peu rigide, un peu distante, il ne s'était jamais beaucoup laissé aller à toutes ces marques d'affection qu'il jugeait être un apanage exclusivement féminin ; il se fût senti un peu ridicule de les donner. Cela ne l'empêchait pas d'aimer ses enfants et d'être attentif à leur vie et à leur éducation. Mais, pensait-il alors, son attitude se devait de rester virile et d'éviter surtout ce qui pouvait passer pour un sentimentalisme douceâtre, donc très loin de son statut et de son image de chef de famille.

Tout avait basculé lorsqu'il avait vu les deux enfants en larmes, au matin de son départ. Il avait d'abord pensé qu'ils sanglotaient car les impressionnaient les pleurs de leurs aïeules; mais la première lettre de Marthe lui avait prouvé à quel point il s'était trompé.

« Les petits te réclament, soir et matin. Ils se plaignent de ne plus te voir. Ils t'attendent et Albert demande toujours pourquoi c'est moi qui attelle maintenant les vaches... »

Il s'en était alors voulu de l'espèce de distance qu'il avait toujours veillé à garder vis-à-vis de Louise et d'Albert. Depuis, tous les deux revenaient très souvent dans ses rêves, et leur absence lui était une écharde.

Jean était en train de se sentir gagné par un nouvel assaut de sommeil, malgré son visage maintenant ruisselant de pluie, lorsqu'un subit sifflement, suivi d'une sorte de crépitement, le fit sursauter. Immédiatement accroupi, car ayant aussitôt identifié le phénomène, il resta figé dans la boue aussi longtemps que crépita et jeta sa lueur blanche la fusée éclairante.

Tirée depuis les tranchées ennemies qui défendaient le bourg en ruine de Barleux, à quelque cent mètres de là, elle descendait maintenant lentement au-dessus de cette ligne avancée des boyaux où se tenaient Jean et ses compagnons. Il en aperçut d'ailleurs un, à trente-cinq pas de là, figé comme lui, sorte de statue de glaise luisante, de boue, pétrifiée dans l'attente de la suite. Il allait de soi qu'on n'allait pas en rester là. Car même si la fusée venait d'être lancée par une sentinelle allemande aux trois quarts endormie, qui avait pris une troupe de rats pour un fantassin en train de ramper, l'enchaînement n'allait pas tarder, il était inéluctable.

« Ça nous réveillera... », pensa-t-il.

Il n'était pas très inquiet car cette fusée qui jetait sa lumière blanchâtre sur le glacis désert, tout zébré de boyaux effondrés et constellé de trous d'obus, prouvait qu'aucune patrouille ennemie ne préparait un mauvais coup, du moins pour l'instant.

En effet, seule la plus totale obscurité pouvait permettre à une poignée d'hommes de se glisser sous les chevaux de frise et dans les boyaux abandonnés, de s'approcher ainsi sans être vus et de fondre dans la tranchée choisie. De même, étant donné la très courte distance qui séparait les combattants, il était peu probable qu'un quelconque chef de pièce ordonne le tir d'une batterie de 77 ou de 105 ; même avec les débouchoirs à zéro, les obus allaient passer très au-dessus des premières tranchées. En revanche, beaucoup plus dangereux pouvaient être les tirs de mortiers qui, suivant leur calibre, expédiaient soit des grenades, des obus de 150 ou de 210 ou encore des *minenwerfer*. Ces derniers projectiles, rebaptisés « seaux à charbon » par les Français, étaient chargés de plusieurs dizaines de kilos de cheddite, un puissant explosif ; le résultat était terrifiant lorsqu'une telle mine tombait dans les tranchées. Et le fait de savoir que grâce aux « crapouillots » on pouvait aussitôt rendre la politesse aux expéditeurs n'était pas pour autant rassurant.

« On va être vite fixés », calcula-t-il en voyant faiblir la lumière crue de la fusée. Dans l'attente, il se tapit un peu plus contre la paroi de terre toute suintante d'eau.

Ce furent d'abord, dès l'obscurité revenue, presque par principe et comme pour prouver qu'en face, là, tout près, nul ne dormait, les tirs saccadés de trois mitrailleuses Maxim auxquels répondit aussitôt le staccato des Hotchkiss, et les balles miaulèrent au-dessus des boyaux.

Puis, moins d'une minute plus tard, tout cessa d'un coup, comme si les tireurs des deux camps, après avoir démontré qu'ils étaient tous à leur poste, estimaient inutile de gâcher davantage de munitions et de perdre leur temps.

« Ouais, c'est maintenant qu'il faut ouvrir l'œil, pensa-t-il en homme averti de tous les arcanes de la guerre de tranchée, c'est souvent après des escarmouches sans résultat, auxquelles on ne croit guère et qui vous mettent presque en confiance, que les salopards d'en face en profitent pour venir vous égorger ! »

Il en avait tellement vu depuis bientôt vingt-huit mois, tellement enduré, que le briscard qu'il était devenu, comme en témoignaient les chevrons qui ornaient ses manches, s'attendait toujours à tout, surtout au pire. Mais comment réagir autrement lorsque, comme lui, désormais soldat de première classe, il avait fallu subir en avril et mai précédents, et après tant d'autres combats, l'abomination de Verdun ! Une ville sur laquelle s'abattaient jour et nuit les obus de tous calibres de l'artillerie allemande. Verdun avec, alentour, au nord-est et non loin de Douaumont, tous les postes qu'on avait dû occuper, défendre, à Froide-Terre, Bois-des-Vignes, Bois-Brûlé, Bois-la-Ville ; les tranchées souvent baptisées de noms sinistres ou dérisoires : tranchée du soldat sans tête, du diable borgne, de la femme-tronc, qu'il fallait déblayer sans cesse, recreuser sous un feu permanent, une grêle d'acier.

Même le ciel s'était mis de la partie car, en plus du pilonnage, était venue, à la mi-avril, une terrible vague de froid. Et sur la boue gelée dans laquelle trépignaient les hommes hagards et transis était tombée la neige.

« Et beaucoup d'amis aussi sont tombés, pensa-t-il en chassant un rat. Et de treize ! compta-t-il en bâillant, soudain repris par une écrasante envie de dormir. Non, se dit-il, non, ce n'est pas le moment. Je dois avoir encore pour plus d'une heure et demie avant la relève, il faut que je tienne. J'ai réussi jusque-là, comme a réussi Marthe, là-bas, ma petite Marthe qui doit déjà dormir depuis longtemps. Car, dans ses lettres, elle m'a toujours dit que, Dieu soit loué, elle dort très bien. Il est vrai qu'elle abat une telle somme de travail dans la journée qu'elle ne doit pas avoir besoin d'être bercée, le soir venu ! Marthe si douce, si tendre, mais si forte aussi. Et qui résiste ! »

Résister ! Lui aussi, au soir du 2 août 1914, avait dû résister à la folle envie de faire le mur et de rejoindre Coste-Blanc quand un capitaine leur avait annoncé que leur régiment ne quitterait sûrement pas Brive avant huit jours. Il avait pensé qu'en marchant bien il pouvait être à la ferme en trois heures et y arriver avant que Marthe ne soit couchée.

« Moi parti, elle a le double de travail ; alors, elle n'est pas près d'aller au lit, la pauvre. Et comment s'en est-elle tirée aujourd'hui avec la moisson ? Bien sûr, elle sait tenir une faux, mais quand même, ce n'est pas un travail pour une femme ! Et comment ça s'est passé avec maman ? »

Connaissant l'animosité qui régnait entre la belle-mère et sa bru, il était inquiet quant aux relations qui allaient s'établir entre les deux femmes. Inquiet mais aussi un peu gêné et pas tout à fait certain de ne pas avoir été trop sévère, trop brusque avec sa mère.

« Et pourtant, il fallait bien que je mette les choses au point. Que je passe la main à Marthe ; elle seule est capable de me remplacer ! Bien sûr, maman a su gérer la ferme quand elle est tombée veuve. Elle a su, oui, mais c'est loin, tout ça ! Bien sûr, elle m'a élevé, seule, mais ça ne lui donne pas tous les droits et surtout pas celui d'être ce qu'elle est trop souvent avec Marthe ! Alors, il fallait bien que je dise ce que j'ai dit ! »

Mais il était si peu sûr de ne pas avoir été trop cassant et injuste que ce sentiment, ajouté à l'envie de retrouver Marthe, l'avait encouragé à faire un saut jusqu'aux Combettes. Une fois là, il pourrait dire à sa mère qu'elle ne devait pas prendre ombrage de ses propos, peut-être un peu trop rudes et durs mais surtout dus à des circonstances exceptionnelles ; lui expliquer que c'était pour la décharger d'un surcroît de soucis et de travail qu'il avait tout confié à sa femme et qu'il ne pouvait en être autrement.

Agacé, partagé entre l'envie de mettre son projet à exécution et la sagesse qui le poussait à n'en rien faire, il s'était confié à son ami Édouard Feix, le mari de Francette.

Ils s'étaient rencontrés douze ans plus tôt, lors de leur service militaire au 14e de ligne de Brive. Ensemble, ils avaient suivi le même entraînement, appris à démonter et remonter le Lebel, à supporter son poids - quatre kilos deux cent quarante - et, lors des exercices ou des séances de présentation, à ne pas éborgner les voisins à cause de sa taille - un mètre trente sans la baïonnette-sabre. Parce qu'ils avaient l'un et l'autre un caractère indépendant et l'échine peu souple, ils avaient subi la même bêtise de quelques sous-officiers aussi stupides et bornés que des oies et aussi méchants que des jars. De même avaient-ils supporté les brimades imbéciles que les anciens réservaient aux bleus. Ensemble enfin, mais sans la présence de leur ami Edmond Fraysse, un natif de Jugeals-Nazareth, fils de paysans lui aussi mais déjà séminariste, ils avaient fréquenté les gargotes et autres maisons closes nichées dans les rues sombres du vieux Brive.

Mais le temps était passé, et Édouard, qui jadis n'avait jamais été le dernier à organiser les plus pendables expéditions - à tel point qu'il s'était souvent retrouvé à compter les punaises et les cafards qui grouillaient en salle de police -, avait été formel en prenant connaissance du projet de son ami.

— Fais pas l'andouille ! Si tu pars, même juste pour cette nuit et si un de ces crétins de gradés fait un contre-appel, et ils sont tous assez emmerdants pour le faire, tu seras porté déserteur, et en temps de guerre...

— Je sais, mais...

— Y a pas de « mais » qui tienne ! D'ailleurs, demande donc à notre copain curé ce qu'il en pense. Je sais bien que ni toi ni moi n'écoutons quasiment jamais ses sermons, mais, à part ça, il a toujours été de bon conseil, avait dit Édouard en hélant Edmond Fraysse qui, comme eux, arrangeait son paquetage.

Mis au courant du projet, l'abbé avait lui aussi levé l'hypothèse d'un contre-appel.

— Oh, je sais bien que ce n'est pas là le plus gros problème, Édouard ou moi répondrions présent à ta place, on l'a souvent fait dans le temps. Mais ce n'est pas ça qui doit t'empêcher de faire le mur. Non, c'est par rapport à chez toi qu'il ne faut pas y retourner.

— Tiens donc, tu ne crois quand même pas que je vais déserter. Si je pars ce soir, je serai de retour demain matin, le train passe à Noailles juste à la bonne heure !

— Je sais. Mais le problème n'est pas là. Écoute, tu as fait tes adieux à Marthe, à tes petits, à ta mère et à la mémé. C'est fait, ça les a sûrement déjà assez peinés ; alors ne va pas leur faire une fausse joie en revenant ce soir pour leur redire adieu demain matin ! Et puis, si tout va bien, et c'est bien parti pour, on sera tous de retour à Coste-Blanc très vite !

— Il a raison, avait insisté Édouard. Si tu rentres ce soir, elles croiront que la guerre est déjà finie. Allez, oublie ça. Comme dit Fraysse : on sera chez nous avant la fin août !

— Sûrement, avait opiné l'abbé.

— Mais si tu veux vraiment faire le mur, juste pour nous rajeunir, on peut toujours s'y essayer ensemble, comme dans le temps. On peut même faire une virée au « Chat qui chante », tu te souviens ? avait plaisanté Édouard.

— Arrête de déconner ! pense un peu à Francette, l'avait coupé l'abbé.

— Oui, tu as raison, je ne suis pas sûr qu'elle ou Marthe soient d'accord, elles risquent même de le prendre mal...

— Et elles auraient raison ! Allez, Jean, avait insisté l'abbé, sois un peu sérieux et dis-toi que tout ça sera fini avant la fin du mois ; ça passera très vite, tu verras...

« À la fin du mois, qu'ils disaient tous les deux ! pensa-t-il, oui, mais de quel mois et de quelle année ?

N'empêche, ils avaient raison, il ne fallait pas revenir aux Combettes le soir même, ni le lendemain. Pourtant, sûr que je l'aurais fait si j'avais su que ces salauds de l'état-major nous laisseraient presque un an sans revoir les nôtres. Ah, les fumiers ! »

Mais, parce qu'à l'époque il ne se doutait pas à quel point lui et des centaines de milliers d'hommes allaient vivre une épreuve inimaginable, il avait écouté ses amis et était resté à la caserne. Puis, comme tout le monde, il s'était plié aux ordres, même les plus stupides.

Discipliné, comme tous, il avait suivi le mouvement qui, de Brive, avait d'abord conduit le 326e de ligne jusqu'en Belgique, aux environs de Neufchâteau. Ils étaient là le 22 août et la route de Berlin semblait ouverte, toute l'Allemagne à genoux et le Kaiser battu à plate couture. Mais tout avait changé en quelques heures, puisque, dès le 23, avait commencé la retraite. Une fuite fébrile et désordonnée vers Carignan, Mouzon, Yoncq. Un épuisant et dangereux recul devant une armée allemande puissante et bien armée, dont la cavalerie poussait des raids sanglants dans les troupes françaises, dans cette masse en fuite, presque en déroute, qui avait conduit le 326e – déjà amputé de plusieurs hommes et de trois officiers, tombés à Yoncq – jusqu'à Châlons-sur-Marne.

Épuisés par les marches insensées qu'ils avaient effectuées la peur au ventre et le dos chargé des trente kilos de leur paquetage, sans oublier les cent-vingt cartouches qui leur ceignaient le ventre, c'est à

Saint-Lumier-en-Champagne que les hommes du 326e de ligne avaient appris qu'il fallait maintenant faire demi-tour, faire face, remonter vers le nord et tenir.

« Oui, tenir, déjà tenir », pensa-t-il en se remémorant ces jours de septembre 1914 qui les avaient vus revenir, lui et ses compagnons dans des villages en ruine, abandonnés quinze jours plus tôt et qu'il fallait réoccuper.

« Folie que tout cela », se surprit-il à dire à mi-voix.

— Eh! Tu parles en dormant ou quoi? chuchota son plus proche voisin, un bleu de la classe 18 tapi comme lui dans une niche de terre et pieds dans la boue, à vingt-cinq mètres de lui.

Il ne répondit pas, soucieux de ne pas perdre le fil de ses souvenirs, de tout ce qui, pour l'heure, l'empêchait de succomber au sommeil.

« Et pendant qu'on était là-bas à essayer de reprendre le terrain perdu et les villages détruits, chez nous, Marthe réussissait à tout faire, et sans se plaindre. »

C'est avec une émotion poignante qu'il avait pris connaissance des premières lettres de Marthe. Une émotion qu'il n'avait pas cherché à dissimuler car tous ses camarades qui venaient de recevoir des nouvelles de chez eux semblaient aussi touchés que lui en décachetant les missives. Il en était arrivé plusieurs à la fois, car, comme l'avait expliqué le vaguemestre :

— On ne savait pas trop où vous étiez, les gars, alors...

Mais qu'importait, les lettres étaient enfin là et il suffisait de regarder le cachet de la poste aux armées pour les lire dans le bon ordre.

Il avait reconnu l'écriture de Marthe avec un pincement au cœur ; une écriture élancée, belle, la même qui, jadis, à l'école de Coste-Blanc, lui valait les félicitations du maître. Puis il s'était laissé emporter par le texte, long, détaillé pour tout ce qui concernait les enfants et la ferme, mais bref à propos des relations que Marthe entretenait avec sa belle-mère. Enfin, à partir de la troisième lettre, celle qui répondait aux siennes, outre les nouvelles générales, étaient venus des mots précis, amoureux, merveilleux pour exprimer tout ce qui ne concernait qu'eux seuls et leur intimité et qu'elle voulait lui dire et redire.

Il n'avait pu lui répondre avec la même ferveur, avec des mots aussi brûlants et évocateurs. D'abord parce qu'il ne se sentait pas capable de composer d'aussi beaux messages et, malgré la situation, cela l'avait fait sourire en lui rappelant que, contrairement à elle, il n'avait jamais été doué en rédaction et qu'il n'avait pas obtenu son certificat d'études ! Ensuite à cause de la censure qui l'obligeait à rester le plus sobre possible. Toute lettre était menacée de coups de ciseaux et son auteur puni s'il y était fait la moindre allusion aux engagements avec l'ennemi ou sur la position occupée par le régiment. Enfin parce qu'il savait que ses lettres seraient d'abord lues par

Marthe, mais qu'il eût été inhumain qu'elles ne le fussent point par sa mère et sa grand-mère ; elles aussi avaient le droit de dévorer les quelques lignes tant attendues. Alors, dans ces conditions, il lui était apparu impossible d'écrire, même gauchement, tout ce qu'il eût aimé dire à Marthe ; qu'elle lui manquait à tout instant, qu'il rêvait d'elle, de sa voix, de son sourire, de son regard, de son corps ; qu'il brûlait du désir de la serrer dans ses bras et de l'aimer, l'aimer toute une nuit.

Parce qu'il était impensable de confier de tels propos à des feuillets que trop de monde allait découvrir, il s'était efforcé d'expédier des messages laconiques, presque ternes. Certes, il n'oubliait jamais de prendre des nouvelles de tous et d'embrasser toute la famille, mais ça n'allait pas plus loin.

Depuis, c'était Marthe qui, pour eux deux, se laissait aller à tout lui dire de ce qu'elle ressentait, de ce désir de lui qui l'empoignait souvent, trop souvent, lorsque, titubante de sommeil, elle mesurait soudain à quel point leur lit était trop grand, trop vaste, froid et vide.

Bien entendu, sachant qu'il était aussi avide de savoir comment elle gérait la ferme, elle ne lui cachait rien de tout le travail qu'elle s'efforçait de faire, du mieux possible ; de toutes les difficultés qu'elle rencontrait et qu'elle devait surmonter. Chacune de ses lettres était tout à la fois un compte rendu rigoureux et fidèle et un chant d'amour sans cesse renouvelé.

Comme ces messages étaient devenus pour lui un

formidable soutien, une aide permanente, c'est avec impatience qu'il les attendait. Et sa mauvaise humeur, voire sa colère, éclatait lorsque, à la suite de quelque changement de position ou de cantonnement, elles tardaient à venir. Mais, une fois arrivées et relues vingt fois, elles lui permettaient de résister au désespoir, de combattre les idées noires, de tenir.

Mercredi 20 décembre 1916

Ferme des Combettes. 22 heures 30

« Et si au moins j'étais certaine de dormir... », pensa Marthe sans interrompre son tricot mais après avoir regardé la grande pendule. Elle venait de sonner le caverneux et unique coup de la demie, mais la grande aiguille était encore sur le chiffre 25.

« Ça aussi, Jean y remédiait quand il le fallait, il avait le coup de main, pensa-t-elle, n'empêche, dix heures et demie, il faudrait que je dorme. »

Mais elle savait qu'en dépit de sa fatigue elle ne devait toujours pas rejoindre son lit. Il était encore beaucoup trop tôt pour que, sitôt allongée, le sommeil la terrasse, l'assomme, seule chance pour elle d'échapper à l'angoisse, d'oublier tout et de reprendre quelques forces.

« Il faut pourtant que je sois debout à cinq heures si je veux avoir soigné les bêtes avant d'attraper l'omnibus de sept heures six à Noailles. Il faut que je sois prête quand Francette passera me prendre... »

Elle avait promis à une fidèle cliente de Brive de lui livrer quatre foies gras d'oie, deux poulets et un panier de carottes et de poireaux. Car malgré la guerre, ou peut-être à cause d'elle, et en ce qui concernait les gens de l'arrière, le commerce et l'agriculture marchaient mieux que jamais. Et les prix de vente qui ne cessaient de croître ne faisaient en rien faiblir les demandes ; elles augmentaient toujours.

Marthe mettait donc toute son énergie à fournir ce que lui commandaient les bourgeois de la ville. Aussi, passant outre tout le travail supplémentaire que cela lui demandait, elle s'était lancée, depuis l'année précédente et en saison, dans le gavage d'une douzaine d'oies. De même avait-elle agrandi la basse-cour et le nombre des lapines. Mais parce que toutes ces occupations s'ajoutaient au travail habituel de la ferme, il était des soirs où, moulue de fatigue, elle se fût volontiers couchée dès la nuit venue si elle avait eu la certitude de sombrer aussitôt. Sachant que cela tranquillisait Jean, elle lui assurait toujours dans ses lettres qu'elle s'endormait sans aucun problème. Jusqu'à ce jour, cela n'avait jamais été le cas.

Dieu savait pourtant à quel point le travail journalier l'occupait durant douze à quatorze heures car elle était maintenant presque seule pour effectuer toutes les tâches que demandaient les bêtes, les terres, les enfants, la maison. À tout cela s'ajoutaient, depuis deux mois, les soins qu'exigeait le piètre état de sa belle-mère, beaucoup plus souvent alitée que debout... Octavine était très affaiblie par une mauvaise pneumonie qui, d'après le vieux docteur Treillard, risquait de perdurer tout l'hiver.

Certes, Louise, et ses dix ans et demi, lui donnait de solides coups de main dès qu'elle revenait de l'école ; même Albert était très dégourdi pour ses neuf ans, plus courageux à la ferme qu'à la communale, elle pouvait compter sur lui pour garder les vaches et les brebis. Malgré ces aides, il était des jours où elle se souvenait du temps où, même en l'absence de Jean, le labeur était moins dur, moins pesant car géré par Octavine, par la grand-mère et par elle.

Or la vieille Aurélienne était décédée l'hiver précédent, sans bruit, sans gêne pour personne, emportée dans la nuit, pendant son sommeil.

— Elle en a tellement fait pendant toute sa vie, avait soupiré le docteur Treillard, que son cœur en a eu assez de battre. Il s'est arrêté tout doucement, comme une horloge dont on n'a pas remonté le mécanisme. Enfin, consolez-vous, elle n'a pas souffert du tout, c'est certain. Voyez son visage comme il est reposé et serein...

Et Marthe, en l'observant, s'en était soudain voulu d'avoir, l'ombre d'un instant, envié la gisante qui, elle, n'avait plus ni soucis ni angoisse... Mais c'était là une pensée sordide qui, comme toutes les autres aussi sombres, devait être combattue. Repoussée avec la même énergie qu'elle avait dû mettre quand, au soir du 2 août 1914, elle avait mesuré à quel point toute sa volonté et sa ténacité ne suffisaient pas pour remplacer la force physique qui lui manquait. Cette force qui semblait si naturelle, si simple, lorsqu'elle émanait de Jean et qui lui permettait, sans donner l'impression de beaucoup se fatiguer, d'abattre un travail considérable. Mais elle, en ce jour de moisson où elle avait dû reprendre la faux, avait cru, après moins de deux heures de fauche, qu'elle allait devoir baisser les bras, reconnaître son incapacité à remplacer l'homme.

C'est alors qu'elle avait regretté, une fois de plus, que ses parents, arrivés à la fin de leur bail à la Saint-Michel précédente, aient quitté la région, attirés par un bon emploi. En effet et en dépit de leur âge – cinquante-six et cinquante-quatre ans –, ils avaient trouvé à se louer, son père comme jardinier, sa mère comme lingère, dans une grosse maison bourgeoise de la région de Sarlat. C'était très loin et ils ne pouvaient donc lui être d'aucun secours.

Moulue, dos et reins cisaillés par d'atroces et fulgurantes brûlures qui lui poussaient des râles au bord des lèvres, elle avait pourtant continué. Il est vrai qu'elle sentait sur sa nuque le regard narquois d'Octavine qui, par moments et entre deux liages de gerbes, ne manquait pas de faire remarquer que le travail n'avançait pas vite. À l'entendre, au train où allait sa bru, elle en avait au moins pour trois jours avant de venir à bout d'un carreau de blé que Jean eût mis à terre en moins d'une demi-journée.

Marthe n'avait pas relevé les sarcasmes. Tout au plus, lorsque sa belle-mère avait susurré qu'elle s'arrêtait bien souvent pour battre sa lame – et il était vrai que c'était alors de délicieux instants de repos à l'ombre –, elle lui avait lancé en lui tendant la faux :

— Je sais ce que j'ai à faire, mais si vous voulez ma place, prenez-la !

Proposition assez mesquine de sa part car elle connaissait la faiblesse de la main gauche dont souffrait Octavine. Elle avait eu, dix ans plus tôt, les doigts broyés par le coup de dents d'une truie qui venait de mettre bas et qui, croyant sa portée menacée, l'avait attaquée. Depuis, elle avait beaucoup de mal à serrer les doigts ; la preuve, elle ne pouvait traire que de la main droite et, si elle parvenait à tenir une fourche, il lui était impossible de bien manier une faux.

Pour toute réponse, Octavine avait grommelé que le travail ne lui faisait pas peur, mais elle s'était bien gardée de prendre l'outil proposé.

C'était donc Marthe qui avait fauché tout le jour. Et ce, malgré des courbatures et des douleurs de plus en plus violentes et une chaleur torride qui annonçait quelques orages. Mais, au soir, comme prévu la veille par Jean, le champ était moissonné.

« Oui, mais j'ai bien cru ne jamais y arriver, se souvint-elle en reposant dans les braises un morceau de bûche qui venait de rouler. »

Y arriver, à tout prix, coûte que coûte. Tenir malgré la fatigue et le découragement, telles étaient les phrases qu'elle se répétait tous les jours depuis vingt-sept mois et demi. Elle avait pourtant eu bien souvent envie de crier grâce. De hurler qu'elle n'en pouvait plus, que le monde pouvait crouler, et elle avec, mais qu'elle ne transgresserait pas cette ligne de conduite qu'elle s'était à elle-même imposée : y arriver, envers et contre tout, tenir ! Et, jusqu'à ce jour, elle avait tenu.

Elle avait tenu car, outre ses propres problèmes, et ils semblaient sans fin, elle avait dû aussi réconforter Francette Feix, l'aider, la soutenir. Francette, l'épouse d'Édouard, de la ferme du Pradel, sa voisine la plus proche, son amie de toujours.

Du même âge qu'elle, elle avait été sa compagne de pupitre jadis, à l'école communale. Aussi bonne élève l'une que l'autre, elles avaient rivalisé pour décrocher les meilleures notes et le maximum de bons points pourtant peu généreusement accordés par le maître.

Mais la concurrence qu'elles se faisaient pour se placer dans les premières places n'avait jamais fait d'ombre à leur amitié. Et si les prévenances et l'attention que Jean portait à Marthe avaient parfois un peu agacé Francette, tout en éveillant en elle une once de jalousie, elle s'en était vite remise. D'ailleurs, étant la plus proche amie de Marthe, elle bénéficiait indirectement de la garde que Jean montait autour de sa protégée.

Aussi s'attendrissait-elle toujours au souvenir de ces temps où Jean était un des rares garçons de l'école qui ne se moquait jamais des filles, ne leur tirait pas les cheveux, ne les traitait pas en inférieures ; le souvenir de Jean qui, à l'âge de dix ans, était déjà aux petits soins pour Marthe, toujours prêt à faire le coup de poing pour la défendre des plaisanteries parfois mauvaises des autres garnements. Et, dès cette époque, elle aussi avait compris que Marthe et Jean resteraient inséparables.

Ensuite, après le certificat d'études et une fois de retour dans leurs fermes respectives, elles n'avaient cessé de se fréquenter et elles allaient ensemble aux bals les plus proches où Marthe retrouvait Jean et où elle-même ne manquait jamais de cavaliers.

Depuis, toutes les deux appréciaient aussi beaucoup que leurs époux soient restés une paire d'amis. C'était d'autant plus satisfaisant qu'Édouard Feix n'était pas natif de la commune et qu'il ne partageait aucun souvenir d'enfance ou même d'adolescence avec Jean. Originaire de Perpezac-le-Blanc, à plus de trente kilomètres de là, il venait donc de très loin, de l'autre bout du département ; c'était presque un étranger ! D'ailleurs son patois n'était pas tout à fait celui de la région. Malgré cela, on le comprenait sans grandes difficultés, même si certaines de ses expressions, son accent ainsi que quelques mots étonnaient parfois les autochtones.

Il avait fallu que Jean s'en mêlât, lors de leur service militaire, pour que le Perpezacois vienne un jour à Coste-Blanc. Un samedi, profitant d'une permission de vingt-quatre heures, Jean l'avait invité à la fête votive du village. Celle qui, tous les ans en juillet et en dépit des pressions et des sarcasmes des adulateurs et autres disciples de Combes, célébrait la Sainte-Rufine, vierge et martyre, patronne et protectrice de la commune. À cette époque, Jean et Marthe avaient déjà fixé la date de leur mariage ; en revanche, Francette, gracieuse et délurée jeune fille, était libre de toute attache. Aussi les prétendants ne manquaient pas qui tournaient autour d'elle, attirés par son sourire, ses yeux noirs, sa jeunesse et ses formes graciles.

Au grand dépit des jeunes gens de Coste-Blanc et des environs venus là pour le bal, qu'animaient un accordéoniste, un violoneux et un joueur de chabrette, la si mignonne petite Francette avait tout de suite succombé au charme d'Édouard, à ses yeux bleus et à son sourire mutin que ne parvenait pas à masquer sa moustache brune aux pointes relevées. Il avait fière allure dans son uniforme rouge et bleu bien repassé, aux plis impeccables, et il valsait à la perfection ; beaucoup mieux que tous les cavaliers qu'elle avait connus jusqu'à ce jour car sans jamais lui écraser les pieds, ni avoir les mains trop exploratrices et l'haleine douteuse.

C'était ainsi que, dix mois plus tard, Édouard était entré comme gendre à la ferme du Pradel, une bonne propriété de huit hectares, riche d'une noyeraie de rapport et, comme chez Jean, de quelques chênes truffiers.

Édouard avait été très bien accueilli par les parents de Francette. En effet, ceux-ci avaient été un peu dépités lorsque leur fille aînée, Madeleine, plutôt que d'épouser un paysan de la région qui eût remplacé le fils qu'ils n'avaient pu avoir, s'était entichée d'un Tulliste ; commerçant de son état et très condescendant envers les gens de la terre, il ne fallait donc pas compter sur lui pour prendre la relève sur la ferme. Tel n'était pas le cas avec Édouard, époux et gendre attentionné.

Très amoureux aussi, à tel point que, depuis son mariage, la petite Francette, naguère si mince, avait quelque peu épaissi. Car avec une constance qu'elle jugeait parfois un peu excessive, Édouard lui avait fait quatre filles. De très gentilles gamines au demeurant et qu'aimait bien leur père qui, néanmoins, ne cachait pas son désir d'avoir enfin un fils. Dans cet espoir, loin d'employer les quelques élémentaires précautions qui leur auraient permis, à Francette et à lui, d'intimes ébats sans autres conséquences qu'un plaisir immédiat, il avait tout fait, et souvent, pour que s'annonce le cinquième bébé ; celui-là, Francette en était certaine, serait un garçon.

Or, en ce mois d'août, elle était enceinte de sept mois, et son Édouard venait de partir. Aussi, malgré le soutien de sa mère et de son père, un vieil homme de soixante-cinq ans heureusement encore ingambe quoique se fatiguant vite, Francette se sentait perdue. Alors, en espérant que Marthe saurait lui apporter l'aide et le réconfort dont elle avait besoin, elle parcourut en se tenant le ventre les trois cents mètres qui séparaient la ferme du Pradel de celle des Combettes.

Il était encore tôt, pas même six heures et demie, mais Marthe et sa belle-mère étaient déjà à l'étable ; Octavine surveillait le veau qui tétait ; quant à Marthe, elle trayait la Violette, une vieille et bien encornée salers, plutôt avare de son lait.

— Qu'est-ce qui t'amène à cette heure ? s'étonna Marthe en voyant entrer son amie. Puis elle observa son visage défait, comprit qu'elle non plus n'avait pas dormi son aise ; devinant qu'elle ne parlerait pas devant Octavine, elle lui lança : Je n'en ai pas pour longtemps. J'arrive. Tiens, si tu veux m'aider, va voir si la mémé a soigné la truie, je viens.

— Alors qu'est-ce qui t'arrive ? demanda-t-elle peu après lorsque, la traite faite et le soleil pas encore assez haut pour boire la rosée, elle pouvait disposer de quelques instants avant d'attaquer les gros travaux de la journée : la fin de la moisson.

— Qu'est-ce qu'on va devenir ? Dis, qu'est-ce qu'on va devenir ? demanda Francette.

— À propos de quoi ?

— Les moissons !

— Eh bien, on va les finir. Moi, à midi, ce sera terminé !

— Pas chez nous, c'est impossible, plus personne ne peut tenir la faux...

— Comment ça ? Et ton père ? Je sais bien qu'il est vieux, mais en allant moins vite il doit en venir à bout !

— Justement ! Hier il a oublié son âge et ce matin il ne peut plus bouger, il n'a même pas pu se lever, un tour de reins sans doute. Ma mère est partie au lever du soleil chercher le père Lacoste, le rebouteux de Nespouls. Mais on n'est pas sûr qu'il soit encore là, il n'a pas cinquante ans, cet homme, alors avec leur territoriale de malheur qui réquisitionne même les vieux... Et nous, on a encore deux pièces de froment à couper et personne ne peut le faire maintenant...

— Et ta mère ? Elle fauche bien, non ?

— Pas elle. Elle n'a jamais su, jamais. Pas faute d'avoir essayé mais à chaque fois elle pique la lame en pleine terre. Et quant à moi..., murmura Francette, au bord des larmes.

— Évidemment, dit Marthe en contemplant le ventre de son amie.

Elle fut à deux doigts de lui dire qu'Édouard n'était vraiment pas sérieux et qu'il eût pu se dispenser de la mettre une fois de plus dans cet état qui la rendait maintenant quasi impotente. D'accord, il voulait absolument un fils, mais quand même !

Puis elle se souvint que si Jean, depuis la naissance d'Albert, était d'une prudence de renard chaque fois qu'il devenait câlin, il l'était souvent et elle ne s'en plaignait pas, certaine qu'elle n'aurait pas à compter les jours lorsque le temps viendrait, l'honnêteté l'obligea aussi à se rappeler que, peu après la naissance de Louise, Jean avait bien tout fait pour qu'elle fût de nouveau enceinte. À tel point qu'il s'était même inquiété, après quelques semaines d'assiduité, de la voir toujours aussi plate...

Enfin, Albert s'était annoncé, était né et Jean, assuré de sa descendance, l'avait prévenue que deux enfants suffisaient amplement. À l'époque elle n'eût pas, quant à elle, refusé d'en faire un de plus ; mais force lui était maintenant de reconnaître, en regardant Francette, que Jean avait sagement agi ; les circonstances lui donnaient raison.

— Bon, décida-t-elle soudain, qu'est-ce qu'il vous reste à couper ?

— La pièce basse, tu sais, celle des noyers, et puis la pièce du Peuch. À elles deux, ça fait presque un demi-hectare. On ne peut quand même pas laisser perdre toute cette récolte, surtout qu'elle est belle !

— Oui, je vois, soupira Marthe après avoir fait le tour de toutes les possibilités et conclu que, partout dans la commune, seuls restaient capables de travailler les très jeunes, les femmes et les anciens ; à condition bien entendu que ces derniers ne soient pas perclus de rhumatismes.

— Bon, décida-t-elle soudain, je viendrai cet après-midi, avec ma faux, bien sûr. Mais il faudra quand même que ta mère et même toi, si tu peux, soyez derrière moi pour lier, parce que moi, je ne peux pas tout faire.

— Bien sûr qu'on t'aidera, promit Francette qui, peut-être par soulagement, ne parvint plus longtemps à retenir ses larmes.

— Oh, dis ! lança Marthe, ce n'est pas le moment de pleurer ! Parce que si tu commences maintenant, que feras-tu si la guerre n'est pas finie dans un mois, hein ?

— C'est plus fort que moi ! Tu te rends compte que mon petit, oui, lui, dit-elle en se caressant le ventre, doit naître pour la mi-octobre ! Alors qu'est-ce que je ferai si Édouard n'est pas de retour ? Qui s'occupera de la ferme ?

— On n'y est pas encore ! Pour l'instant, ce qu'il faut, c'est finir les moissons ; pour le reste, on verra plus tard ! Allez, ne t'inquiète pas, je serai chez toi juste après le déjeuner. Et arrête de pleurnicher, ça ne sert à rien !

— Tu ne pleures jamais, toi ?

— Ce n'est pas l'envie qui m'en manque depuis que Jean est parti. Mais si je commence, j'ai peur de ne plus pouvoir m'arrêter, alors je serre les dents. Parce que tu comprends, ajouta Marthe en baissant le ton, ça ferait trop plaisir à ma belle-mère !

L'après-midi et selon un principe maintenant bien établi, Marthe organisa l'emploi du temps.

— Vous mère et vous mémé, vous allez commencer à rentrer les gerbes, les premières, celles qu'on a moissonnées avec Jean, voici dix jours, les enfants vous donneront la main.

— Et vous, vous ferez quoi pendant qu'on va travailler ? demanda Octavine d'un ton acide.

— Portez pas peine, je transpirerai, moi aussi ! Je vais aller couper le froment chez Francette, il n'y a plus personne chez elle capable de le faire.

— Ah ? Très bien ! Alors vous trouvez qu'on manque d'occupations chez nous ? ricana Octavine.

— Non. Mais si on ne s'aide pas entre voisins, on est perdus. Perdus, car demain ce sera peut-être vous, ou moi, qui ne pourrons bouger, alors qui nous aidera si aujourd'hui on laisse les voisins dans la difficulté ? Et puis de toute façon, Francette est mon amie et Édouard celui de Jean et ça suffit comme raison !

— Ça suffit ! Ça suffit ! Facile à dire ! Mais pendant que vous jouerez les belles âmes chez les autres, moi, j'aurai tout le travail à faire ici !

— Pas tout ! De ce côté ça ne m'inquiète pas ! Je sais que vous me laisserez ma part, et même davantage ! Allez, assez bavardé pour ne rien dire ! Venez, je vais vous aider à lier et à atteler les vaches.

Mercredi 20 décembre 1916

Tranchée des Revenants. 22 heures 40

— Eh ! Tu roupilles ? entendit Jean pour la troisième fois.

Quoique chuchotés, il avait très bien perçu les premiers appels. Mais il était trop vieux soldat pour répondre avant d'avoir la certitude que la voix provenait bien de son proche voisin, le gosse de la classe 18.

En plus de deux ans de tranchées, il avait vu et souvent subi tellement de mauvais coups qu'il se défiait de toutes les ruses possibles de l'ennemi. Car même s'il était peu probable qu'une patrouille de tueurs tente de les surprendre, il fallait toujours se méfier et se dire que des têtes brûlées, juste pour le plaisir d'égorger quelques sentinelles, étaient capables de tenter l'impossible : à savoir, ramper dans un terrain tellement boueux et spongieux qu'on ne pouvait que s'y enliser et n'en plus sortir.

— Tu roupilles ? redemanda le jeune qui, cette fois, s'était approché.

Jean devina sa silhouette à quelques pas de lui.

— Pourquoi tu as quitté ton poste ? souffla-t-il. Et

puis, on ne t'a jamais appris que le son de la voix portait loin et pouvait permettre aux autres de nous repérer ?

— Si, je sais, avoua la masse sombre et maculée de terre en s'avançant. Et le bruit de ses godillots chuinta dans la boue en un répugnant bruit de succion.

— Alors qu'est-ce que tu fous là ? chuchota Jean. Si le sergent Flécalni s'aperçoit que tu n'es pas à ta place, il va te dresser les côtes, crois-moi !

— Je l'emmerde, Flécalni ! Ce salaud est à l'arrière à au moins cent cinquante mètres d'ici, et il est au chaud dans la seule cagna à peu près sèche de toutes ces putains de tranchées ! Et je suis sûr qu'il roupille, lui !

— Qu'est-ce que tu veux ?

— J'ai la trouille ! Voilà ce que j'ai ! Je crève de trouille, avoua l'autre, je n'en peux plus d'être seul dans mon trou, j'en peux plus ; je veux pas rester tout seul...

— Calme-toi, petit, essaya Jean en devinant que le jeune était près de s'effondrer. Calme-toi. Avec la gadoue qui nous sépare des fridolins, on ne risque pas grand-chose. Ils sont très cons, mais pas assez fous pour ramper dans presque un mètre de boue !

— Je te dis qu'ils sont déjà arrivés ! Ils sont là, devant moi, là-bas, à quinze mètres. Ça fait du bruit et je suis sûr qu'ils sont plusieurs en train de s'approcher et j'ai peur...

— Qu'est-ce que tu crois, moi aussi j'ai peur, on a tous peur, mais c'est peut-être pour ça que les vieux comme moi sommes encore vivants. Va reprendre ton poste, vite fait ! Ce que tu entends, là, devant, ce sont les rats ; j'en ai déjà compté dix-huit qui m'ont frôlé les moustaches, ça grouille partout...

— Les rats ? Tu es sûr ?

— Certain. Maintenant, va reprendre ton poste et oublie les rats !

— Facile à dire... Mais toi, pourquoi tu n'essaies pas de les attraper, ces rats ? Il paraît qu'on touche cinq centimes par queue rapportée. Si tu en fais vingt-cinq en deux heures, ça vaut sacrément la peine, ça paie la blanche, le pinard et le tabac !

Jean ne fut pas dupe tant il était évident que le jeune se moquait bien de la prime ! Sa question n'avait pour seul but que d'alimenter la conversation pour quelques instants encore, quelques minutes pendant lesquelles il échapperait à la solitude et un peu à la peur.

— On voit bien que tu es un bleu, dit-il enfin. Cette histoire de prime a été lancée il y a quelques mois par les gars de l'intendance. Il faut les comprendre : des rats, il y en a des dizaines de milliers, peut-être même des centaines ! Ils pullulent partout, il y en a autant que ces saloperies de poux ! Mais les poux, ils se nourrissent sur la bête, sur nous, on les engraisse à bon compte. C'est pas comme les rats, eux, ils font du tort à l'intendance ! Alors, c'est vrai, il a été question de donner une prime pour tout rat attrapé. Mais on a vite compris que c'était une blague, un canard de plus quoi, parce que ceux qui l'ont gobé n'ont jamais réussi à se faire payer quoi que ce soit ! Tu parles, les gens de l'intendance sont bien trop pingres ! Moralité, les rats sont toujours là ! Allez maintenant, file rejoindre ton poste et n'en bouge plus ! On est là pour garder cette saloperie de tranchée et avec les rats en prime ! File, je te dis !

— Sois pas salaud, ça presse pas, quoi ! Mais dis, au fait, pourquoi on appelle ce trou la tranchée des Revenants ? Y a des fantômes en plus des rats ? insista le jeune pour gagner quelques secondes de plus.

— J'aimerais mieux, ils ne sont pas dangereux, les fantômes, toujours moins que les boches et les rats ! Non, on dit tranchée des Revenants parce qu'il paraît qu'elle a été prise, perdue et reprise plus de trente fois, par nous, par les fritz et avec beaucoup de casse à chaque fois. Mais on y est toujours revenus ; la preuve, on est là et toi tu devrais être dans ton coin, dégage maintenant !

« Pauvre gosse, pensa-t-il en le voyant rejoindre son emplacement, pauvre gamin, ça a tout de suite dix-huit ans, quelques semaines d'entraînement et ça se retrouve en pleine bagarre. Peut-être même qu'il monte sa première garde, c'est bien normal qu'il crève de peur... Moi aussi j'ai peur car, quoi que je lui aie dit, rien ne prouve que les autres ne sont pas en train d'approcher. Pas en rampant dans la boue, c'est quasi impossible, mais en se glissant dans les tranchées abandonnées, écroulées et souvent bouchées qui nous séparent de Barleux...

« Car ils sont bien là-bas, les teutons, à quelques

dizaines ou centaines de mètres, comment savoir. Ils sont là dans les éboulis et dans tous les boyaux qui entourent les ruines du bourg, ce coin pourri qui défend la route qui mène à Péronne.

« Barleux ! Enfin, ce qu'il en reste, sur lequel les planqués de l'état-major, il y a encore dix jours, voulaient lancer une attaque ! Et ils nous ont fait venir ici exprès pour ce casse-pipe. Coup de chance pour nous, les biffins, ces andouilles de galonnés n'avaient pas pensé à la pluie ! Quand on est arrivés, elle dégringolait déjà depuis des semaines et elle ne s'est toujours pas calmée ! Il aurait fallu être encore plus fou qu'ils ne le sont pour nous lancer à l'attaque, droit sur les canons et les mitrailleuses alors que, rien que pour avancer de deux mètres, il faut bien calculer où on met les pieds ; parce que autrement on se retrouve dans la boue jusque plus haut que la ceinture ! Alors pour courir là-dedans, zéro !

« On devait attaquer le 15 au matin et on se disait déjà qu'il y aurait autant de copains enlisés et noyés dans la boue que flingués... Et puis, alors qu'on était prêts à patauger vers Barleux, l'ordre de tout arrêter est arrivé. Avec les copains, les vieux comme moi, tous ceux qui sont là depuis 1914, les PCDF, pauvres couillons du front, comme nous appellent les planqués, on a cru que cette annulation était une blague, un canard, il y en a tellement de ces fausses nouvelles qui volent partout ! On a même pensé qu'il y avait eu une erreur de transmission. C'est vrai, il est tellement rare que l'état-major prenne une décision intelligente qu'on a tous mis un peu de temps à y croire ; ce n'était pourtant pas un bobard ! Et depuis, on attend. On est là, dans la boue et sous la pluie, prêts à défendre ces saloperies de tranchées dans lesquelles on est quasiment enlisés !

« Et moi, je suis là dans la gadoue jusqu'aux genoux à attendre la relève et, comme le gamin d'à côté, j'ai la trouille car on n'est jamais sûrs de rien. La trouille et sommeil, et peut-être plus sommeil que peur. Mais il ne faut pas dormir, faut surtout pas dormir... »

Alors de nouveau, pour rester éveillé et lucide, il s'obligea à penser à Coste-Blanc, à la ferme, à Marthe et aux enfants.

Mercredi 20 décembre 1916

Ferme des Combettes. 22 heures 45

C'est après le 5 septembre 1914 et le communiqué de Joffre qu'il apparut de plus en plus certain que la guerre ne serait pas finie avant Noël. Certes, les troupes avaient enfin cessé de reculer devant la percée ennemie. Elles avaient arrêté leur fuite souvent désordonnée, due pour partie à la débandade, dès le 22 août et dans la zone nord-est, de la « petite armée anglaise », comme l'appelait paraît-il le Kaiser. Malgré cela et les communiqués toujours très optimistes largement diffusés par toute la presse, beaucoup de celles dont les fiancés, les maris ou les fils étaient au feu commençaient à douter d'une proche victoire.

D'ailleurs, à la ferme des Combettes, les premières lettres de Jean étaient loin de pousser Marthe à l'optimisme. Elles étaient d'un laconisme éloquent. À tel point que, déçue par le contenu et la froideur des premières missives et avant de comprendre pourquoi son époux retenait sa plume, elle lui avait répondu que, désormais, quelques mots de lui suffiraient, du genre : « Je vais bien, envoie-moi ça et ça. Je vous embrasse, toi et les enfants. Baisers aussi à maman et à mémé... » De cette façon, la destinataire qu'elle était ne se rongerait plus les sangs dans l'attente d'un message qui, une fois ouvert, se révélait d'une désolante platitude.

Mais, dès cette réponse expédiée et presque honteuse de n'avoir pas tout de suite compris que Jean, par pudeur, ne pouvait lui en dire plus, elle avait eu à cœur de lui envoyer, le plus souvent possible, de longs, détaillés et brûlants messages. Et elle était certaine qu'il en était heureux.

C'est dans la première lettre reçue qu'elle avait appris que Jean et Édouard, en tant que réservistes, avaient été incorporés dans le 326e de ligne, sorte de frère aîné du 126e régiment d'infanterie composé, lui, de troupes plus jeunes. Elle avait aussi découvert que le régiment n'avait quitté Brive que le 11 août et s'était un peu révoltée en calculant qu'entre le départ de Jean et de tous les voisins au matin du 2 août et la date de leur embarquement en train pour une destination inconnue, ils auraient eu le temps de finir les moissons et de les mettre à l'abri. Au lieu de ça, c'étaient les femmes que la mobilisation avait contraintes à effectuer tout leur travail !

Depuis, elle avait compris que plus rien n'était comme avant, que la guerre était là, qu'il était inutile de se rebeller contre elle et que la seule conduite à tenir était de serrer les dents et de faire face.

Faire face ! Telle fut désormais l'obligation de toutes celles qui, comme Marthe, furent tenues, dans tous les domaines, de trouver des solutions qui, jusqu'à ce jour, avaient été exclusivement - pour ne pas dire jalousement - le fait des hommes.

Dans toutes les fermes, une fois la moisson finie, se posa la question du battage. Car il ne servait à rien d'avoir serré les gerbes en grosses meules trônant au milieu des cours si l'on était incapable de séparer le grain de la paille. Opération dont l'urgence n'échappait à personne car, outre le fait que les rats, les souris et les moineaux allaient très vite profiter de l'aubaine et s'empiffrer à bon compte, les réserves de farine allaient être épuisées sous peu. Et, sans elles, plus de pain...

À son sujet, là encore, il avait fallu moins d'une semaine pour que Marthe soit confrontée au problème posé par sa fabrication.

Jusque-là, tous les douze à quinze jours, lorsque la dernière tourte devenait trop dure et uniquement destinée à tremper la soupe, Jean préparait une fournée pour les quelque huit ou dix miches de dix livres nécessaires à la consommation familiale. Depuis sa petite enfance et l'époque où elle voyait œuvrer son père, Marthe connaissait les secrets de la panification. De même savait-elle comment Jean, après avoir longuement pétri et laissé lever la pâte dans la maie puis dans les bannetons, chauffait le four. La voûte de celui-ci bien blanche, les braises restantes retirées, elle se souvenait de ses gestes pour apprécier la chaleur de la sole, pour enfourner ensuite les pâtons, bien enfarinés et marqués par deux coups de couteau, et comment il surveillait la cuisson.

Mais cela, c'était la technique, et elle réalisa très vite qu'il y avait un abîme entre celle-ci et la pratique. Heureusement, prudente et très consciente de ne posséder ni la force ni l'entraînement d'un homme, elle s'était gardée de verser dans la maie autant d'eau et de farine que Jean.

Malgré cela et même en ayant divisé par deux les quantités, elle crut bien ne jamais réussir à pétrir, pendant près de deux heures, les vingt-cinq kilos de pâte qu'elle voulait faire cuire. Épuisée, en sueur malgré son corsage grand ouvert, ses seins presque à l'air et le bas de sa jupe retroussé et coincé dans sa ceinture, elle eut la tentation d'abandonner. Mais, une nouvelle fois, le regard goguenard que sa belle-mère lui lançait chaque fois qu'elle venait voir où en était le pétrissage la fustigea.

— Vous me semblez bien mal partie pour faire de la bonne ouvrage ! Vous vous êtes crue plus forte que vous n'êtes, comme toujours... Je crains que toute cette bonne farine ne soit perdue..., railla même Octavine alors que Marthe, au travail depuis une demi-heure, redoutait de pouvoir venir à bout de sa tâche.

Rompue, toute ruisselante de transpiration, elle avait maintenant le visage aussi blanc de fatigue que de farine et était prête à s'avouer que ses forces n'étaient pas à la hauteur de son ambition. Mais la méchante réflexion la cingla comme un coup de cravache.

— J'ai décidé qu'on mangerait du pain frais ce soir et on en mangera ! haleta-t-elle sans cesser de brasser la pâte. Et si vous n'avez rien de mieux à faire, au lieu de me regarder, allez donc allumer le four, les fagots sont prêts ; vous savez quand même gratter une allumette, oui ?

Vexée, Octavine s'était éclipsée en grommelant. Mais le feu ronflait lorsque, peu après, Marthe était enfin venue à bout de son travail d'homme.

Comme promis, au soir, outre les tartes à la confiture, il y avait du pain frais sur la table. Et peu importait qu'Octavine l'ait jugé mal cuit et trop compact car pas assez pétri ; il était là, c'était l'essentiel !

— Et comment on va faire pour le battage ? demanda Octavine un soir de fin septembre.

Marthe ne sut jamais si la question était posée dans le secret espoir de la prendre de court et de pouvoir ainsi lui reprocher son inconséquence ou si sa belle-mère était effectivement inquiète. Toujours est-il qu'elle ne résista pas au plaisir de l'agacer un peu. Octavine ne perdait jamais une occasion de formuler quelques acerbes reproches quant à la façon dont sa bru gérait la ferme ; il était donc bien naturel que celle-ci lui retourne parfois les compliments !

— Comment ça le battage ? dit-elle d'un ton qui pouvait laisser entendre qu'elle ne s'était pas encore préoccupée de ce problème.

— Eh bien oui, quoi ! Que croyez-vous ? Qu'il va se faire tout seul ! Ou alors peut-être attendez-vous le retour des hommes ! Mais d'ici là on n'aura même plus de quoi faire le pain, alors ? Ah ! ça se voit bien que vous êtes de votre pays !

Pour Octavine, cette appréciation était quasiment le summum de l'insulte et du mépris. Elle signifiait à Marthe qu'il importait peu que son lieu de naissance ne soit qu'à trois kilomètres des Combettes ou au-delà des frontières ; eût-il été à cinquante mètres, voire de l'autre côté de la cour, cela n'eût pas changé le jugement. Sa belle-fille était « de son pays » car, quoi qu'elle fasse et même si elle avait réussi à mettre le grappin sur un propriétaire foncier, comme Jean, sa condition d'origine - fille de petit métayer - la reléguait définitivement dans une caste inférieure, comme toutes celles issues de quelques lointaines et sauvages contrées, et c'était sans appel !

— Parfaitement que je suis de mon pays ! Et j'en suis fière ! lança Marthe. Oui, fière ! Parce que chez nous, on n'use pas notre salive en parlote ! On n'a pas de temps à perdre, nous ! Quand on travaille, on se tait, nous ! Le battage sera fait en son temps !

— Ah oui ? s'emporta Octavine. Et comment ? Et à quelle date ? Et avec qui ? Et la batteuse, qui ira la chercher et la fera tourner, hein ? Et d'ailleurs, est-ce qu'il y a seulement une seule batteuse en état dans tout le pays ? Vous n'avez pas pensé à tout ça, n'est-ce pas ? C'est bien beau de vouloir tout commander, mais il faut en avoir les moyens, ma pauvre petite !

Il y avait près de deux mois qu'Octavine n'avait pas interpellé sa bru avec, en final, ce très méprisant

« pauvre petite ». Aussi Marthe, par pure provocation, s'offrit l'agrément d'attiser un peu plus la colère de sa belle-mère, de souffler sur les braises.

— Si je dis que le battage sera fait en son temps, j'ai mes raisons...

— Vos raisons ! Vos raisons ! Vous n'y aviez pas pensé, voilà tout, et si je n'étais pas là ! Allons, je vois bien qu'il faut que je prenne tout ça en main et que je rattrape toutes vos inconséquences !

— La batteuse sera chez nous dans huit jours, au matin du 5, lundi donc. Et nous aurons besoin de vous et de mémé, autant pour le travail que pour préparer le repas, lança Marthe, certaine de son effet.

— Lundi ? Mais qui viendra, hein ?

— Les voisines. J'ai tout prévu et organisé, assura Marthe, heureuse d'exciter la curiosité de sa belle-mère.

— Quelles voisines ? Dites-le, quoi, puisque vous êtes si maligne !

— Il y aura Germaine Coste, de la Brande, et son beau-père ; Françoise Farges, du Peuch ; Marguerite Teyssandier et son père, oui, l'entrepreneur, il faut bien une batteuse, non ? Vu son âge, le père Teyssandier n'a pas été rappelé et il vient d'embaucher un jeune de l'Assistance comme commis, dix-huit ans et très solide paraît-il, mais simplet de naissance, dit-on, alors pour lui, pas d'armée. Et il y aura aussi Léonie Bordes, de Ligneyroux, et sa sœur Germaine. Plus le père de Francette ; il ne faut pas qu'il force trop à cause de ses mauvais reins, mais on le mettra à rentrer la paille, c'est pas trop lourd ni pénible. Alors, avec vous et moi en plus, ça ira...

— Vous ne pouviez pas me dire ça plus tôt ? dit Octavine vexée.

— Vous ne me l'avez pas demandé !

— Mais alors, si elles viennent toutes, il faudra qu'on aille les aider à notre tour ?

— Évidemment ! On attaque vendredi matin chez les Bordes ; on passe samedi chez les Coste et dimanche chez les Farges. Mais j'irai seule. Vous, pendant ce temps, ici, vous soignerez les bêtes et vous commencerez à ramasser les noix ; elles tombent, et les pies et les corbeaux s'en régalent déjà. Voilà, vous êtes rassurée ?

— J'étais pas inquiète, assura Octavine en haussant les épaules. Puis, histoire de reprendre la main, elle lança : Mais moi, dimanche, j'irai à la messe, que ça vous plaise ou non !

— Mais j'y compte bien, l'approuva Marthe. Comme ça vous prierez aussi pour moi, comme vous le faites depuis que je n'ai plus le temps d'y aller ; vous me remplacerez, enfin j'espère...

Depuis la mobilisation de l'abbé Fraysse, la commune n'avait plus de curé. Aussi, en attendant que l'évêché désigne - à titre provisoire - un vieux prêtre, les paroissiennes allaient à la messe soit à Noailles, soit à Nespouls, dans des églises dont les desservants n'étaient plus mobilisables. Dans un cas comme dans l'autre, il y avait près de dix kilomètres aller et retour à parcourir pour assister aux offices.

C'était donc toute une matinée de prise, et Marthe ne pouvait se l'offrir.

D'ailleurs, pour être franche avec elle-même, malgré quelques remords, elle ne ressentait pas grand besoin, depuis le départ de Jean, d'aller s'agenouiller les dimanches à l'église. En elle, quelques fibres s'étaient brisées lorsqu'elle avait vu son époux disparaître au bout du chemin.

Depuis, sans aller jusqu'à accuser Dieu de tous les malheurs qui frappaient le pays depuis deux mois – car alors, s'il en était l'instigateur, c'était pure méchanceté de sa part et il était urgent de rompre définitivement avec Lui –, elle n'était pas loin de penser qu'il était dans le dessein du Seigneur de laisser les hommes se débrouiller entre eux, avec leurs problèmes, sans prendre parti pour personne.

Cette idée, peut-être sacrilège et qu'elle n'osait trop formuler, ni développer, lui était venue le soir du départ de Jean. Seule dans le grand lit, perdue, toute nimbée de tristesse et déjà privée du bonheur, tout simple mais si réconfortant, que représentait la présence de son époux à ses côtés, elle avait eu une pensée pour toutes les femmes qui, comme elle, mesuraient à la même heure l'abîme qui s'était ouvert à la place de l'absent. Une pensée pour toutes celles, même les Allemandes, qui devaient être aussi touchées et tristes qu'elle et en aussi piètre état ; des femmes prêtes à tout pour que revienne leur homme.

Mais qui pouvait alors croire qu'à la même heure les femmes ennemies priaient Dieu de leur accorder la victoire ! Et pourquoi celui-ci ne les écouterait-il pas autant que toutes les Françaises en train de réciter leur chapelet ? Il y avait là une sorte de mystère qu'elle se jugeait inapte à résoudre et qui ne l'incitait pas à pousser plus loin des investigations qu'elle se sentait peu capable de conduire.

Alors, dans le doute, pour ne pas prendre de risque, désormais elle invoquait surtout la Sainte Vierge tout en incitant Louise et Albert à demander chaque jour au petit Jésus de leur ramener bien vite leur papa.

Enfin, comme elle était certaine que sa belle-mère et la mémé ne manquaient pas, soir et matin, d'implorer Dieu et tous les saints pour qu'ils protègent Jean, elle ne se sentait pas coupable d'être moins dévote qu'elle l'eût sans doute dû.

Un jour, plus tard, quand tout serait fini et Jean de retour, peut-être parlerait-elle de tout ça avec l'abbé Fraysse, peut-être. En attendant, elle avait du travail que ni Dieu ni saints ne feraient à sa place !

Mercredi 20 décembre 1916

Tranchée des Revenants. 22 heures 50

« Doit pas rester beaucoup plus d'une heure avant la relève », pensa Jean en s'ébrouant pour tenter de s'éveiller un peu. Il fit quelques pas dans la boue puis, comme précédemment, offrit son visage à la pluie.

Elle tombait toujours, froide, drue, et chacune de ses gouttes alourdissait un peu plus la capote et les lainages dans lesquels il était engoncé ; quant à ses godillots et autres assemblages de chaussettes, chiffons et bandes molletières censés protéger pieds et jambes du froid et de l'humidité, ils suintaient l'eau de toutes parts.

« Une bonne heure à tenir encore, et si, d'ici là, cette flotte voulait enfin s'arrêter ! Enfin, ceux d'en face en ramassent autant que nous, ça console... Mais, tiens, va savoir quel temps il fait chez nous, aujourd'hui ? »

Dans sa dernière lettre – elle ne datait que de deux jours –, Marthe lui avait dit que le temps était très froid, mais sec. Aussi, avec l'aide de Francette, avait-elle commencé à couper le bois, à fendre les grosses bûches, à faire les fagots. À se livrer, pour le troisième hiver, à une tâche qui n'était pas la sienne mais qu'elle accomplissait du mieux qu'elle le pouvait ; et ça, elle n'avait pas besoin de le lui dire pour qu'il en soit persuadé.

Il gardait toujours en mémoire ce sentiment de profonde admiration qu'il avait ressenti lorsque, dans une de ses premières lettres, Marthe lui avait rendu compte de son travail, de son emploi du temps, de ses initiatives. Lettre qui l'avait d'autant plus touché et réconforté qu'il l'avait reçue au lendemain des terribles engagements que le 126e et le 326e de ligne avaient menés pour conquérir et occuper la cote 153, sise au mont Moret. C'était une position qui dominait la Marne, un observatoire idéal situé non loin de Courdemanges et de Blaize-sous-Arzillières, au sud de Vitry-le-François.

Pour Jean et ses camarades du 326e, cette attaque n'était pas leur baptême du feu. Déjà, depuis la fin août, tous savaient ce qu'était la terreur causée par l'arrivée d'une salve de 88 ou de 210. Tous connaissaient la peur qui, d'instinct, vous jette à terre lorsque ronflent autour de vous, comme des frelons fous, les balles de mitrailleuse. Tous avaient aussi découvert cette panique qu'il fallait absolument dompter et maîtriser quand venait l'ordre de bondir, de se dresser et de foncer sur l'ennemi ; de courir malgré le barda qui vous bat le dos et les reins.

De même, tous, à un moment ou à un autre, avaient ressenti à quel point il était fou, dérisoire et inutile d'essayer de s'abriter à plat ventre derrière son sac. C'était pourtant la conduite à suivre lorsque toute progression devenait impossible et quand les officiers, souvent encore debout et après avoir commandé de se tapir dans les chaumes, réclamaient le soutien de l'artillerie.

Tous, en ces instants, s'étaient alors juré que plus jamais ils ne revivraient de telles expériences, de tels cauchemars, ces folies que tout le corps refusait souvent à sa façon, en se rebellant en d'humiliants et incontrôlables relâchements.

Tous pourtant, sans rechigner, s'étaient relancés vers l'avant quand les ordres étaient venus ; et ils avaient couru vers les lignes allemandes, et tiré et tué. Et couru encore, et toujours, malgré les cris des camarades qui chutaient alentour en appelant leur mère, ou leur femme, ou qui mouraient sans un mot, sans comprendre.

Alors, quand il avait fallu monter à l'assaut du mont Moret et de cette cote 153, situation que les Allemands voulaient eux aussi tenir, ce n'étaient plus des néophytes qui avaient manœuvré, mais des hommes déjà baptisés à la poudre. Des fantassins qui savaient que souvent, dans les corps à corps, les coups de crosse en pleine figure étaient plus vite donnés et tout aussi efficaces que les coups de baïonnette.

Mais, au mont Moret, cette connaissance du combat et cette hargne démente qui lui est nécessaire pour être efficace n'avaient pas empêché le carnage ; au soir du 9 septembre et une fois la position conquise et gardée, les pertes du régiment s'élevaient à plus de cinq cent cinquante hommes, tués ou blessés...

Après de telles épreuves, bienvenues et réconfortantes étaient les lettres attendues et dont on pouvait parfois partager les informations. Car Jean n'était pas le seul à se ronger de soucis pour sa famille et pour sa femme. Édouard, par exemple, qui n'avait pas eu la chance de recevoir de récentes nouvelles de Francette – ses lettres avaient dû se perdre – avait ainsi été ému aux larmes lorsque Jean lui avait appris que chez lui, grâce à Marthe, les moissons étaient à l'abri.

— Je vous revaudrai ça à tous les deux, promis, avait dit Édouard en se détournant, car soudain gêné de se sentir aussi vulnérable, près de pleurer. Parole, dès cette putain de guerre finie et de retour chez nous, Marthe et toi pourrez me demander la lune, j'irai la cueillir ! Surtout pour Marthe d'ailleurs ! Tu veux que je te dise, avait-il ajouté en retrouvant son sang-froid, ta Marthe, tu ne la mérites pas ! C'est vrai ça, c'est pas toi mais elle qui m'a remplacé aux moissons !

— Oh ! tu sais, s'il n'en tenait qu'à moi, je suis tout de suite prêt à te remplacer là-bas, même auprès de Francette... enfin dans quelque temps quand elle sera redevenue un peu plus plate ! – avait plaisanté Jean. Puis, plus sérieux, il avait ajouté : Marthe me dit aussi qu'elle va très bien, ta Francette. Dame, elle peine un peu à avancer et à se baisser, mais ça tu l'as bien voulu ! Tu es quand même un fieffé goujat : ça ne te suffisait pas tes quatre petites ? Il faut toujours que tu frétilles, toi !

— Oui, les filles sont mignonnes, mais je veux un fils. Et cette fois, c'est la bonne. D'après la mère Goulmy, l'accoucheuse, on l'a fait juste à la bonne lune, ce petit. Et en plus, Francette ne le porte pas comme les autres. Et puis dis, ça te va bien de me traiter de goujat et de toujours frétiller ! Ose dire que tu ne touches plus à ta Marthe depuis que tu as tes deux gamins, ton choix du roi, hein ?

— Ben oui, mais j'ai la technique, moi, monsieur ! Il y a beau temps que Marthe et moi savons qu'un solide labour n'appelle pas toujours la semence mais peut préparer une bonne jachère, et nous deux, on aime beaucoup cette sorte de jachère... Sans blague, il est pour quand au juste, ton héritier ?

— Dans un mois, à peu près. Tu sais comment ça marche, on sème quand on peut et on récolte quand le temps le veut ! Bon Dieu, pourvu qu'on ait fini d'ici là ! Dis, tu crois qu'on sera de retour chez nous le mois prochain ? Que je serai là-bas pour la naissance ? Tu crois ?

— Je n'en sais pas plus que toi, mais d'après Edmond, notre curé, ça risque d'être plus long que prévu...

Edmond Fraysse, dès son incorporation dans le 326e de ligne, avait fait valoir, sans toutefois refuser de porter un fusil, que son état de prêtre était peu compatible avec les tueries ; il avait donc été affecté à l'infirmerie, comme beaucoup de ses confrères.

— Et qu'est-ce qu'il en sait, lui, que ce sera plus long ? Il tient ça directement de son patron, du bon Dieu ?

— Non, du médecin-major, avait expliqué Jean. Tu sais bien, les officiers, ils se renseignent entre eux, ils ont des informations qu'on n'est pas près d'avoir, nous, les deuxièmes classes. Voilà, c'est tout. D'après ce qu'il a entendu dire, Edmond pense que ça va traîner au moins trois mois encore, ça nous porte à la Noël...

— Bon Dieu ! Déconne pas ! Mon gamin aura presque des dents quand je le verrai !

— N'exagère pas ! Et puis au moins, d'ici là, on aura peut-être eu le temps de se décrasser. Parce que si tu arrives chez toi avec la tête que tu as, tu lui feras tellement peur à ce petit qu'il voudra revenir d'où il sera sorti ! Tu me diras, c'est un bon coin...

— Et ta gueule, tu l'as vue ? Même ta Marthe, toute courageuse qu'elle soit, ne voudrait pas de toi dans son lit ! avait lancé Édouard en cognant amicalement l'épaule de Jean de son poing fermé.

— Ça, il faut bien dire..., avait reconnu Jean en se passant la main sur les joues.

Emportés depuis plus d'un mois dans une sorte de maelström épuisant, fait d'avances et de reculs, de marches forcées et de combats, de bivouacs établis à la hâte dans les villages en ruine, les hommes étaient sales, barbus, puants. Et déjà leur pantalon garance était couleur de terre. Aussi tous attendaient le jour où, enfin au repos un peu à l'arrière, ils pourraient se laver.

— Alors comme ça, tu dis que Marthe est venue moissonner chez nous, c'est bien, c'est très bien, avait dit Édouard en redevenant soudain grave.

— Oui, c'est normal, non ? Francette aurait fait de même.

— Sans doute. Mais dis, les moissons, c'est bien, mais comment elles vont faire pour battre, hein ? La batteuse, il lui faut des hommes, alors ?

— Je ne sais pas, avait soupiré Jean qui s'était déjà posé la question. Mais, tu vois, je crois qu'elles se débrouilleront. Elles sont capables de tout. Quelquefois, je pense qu'elles sont plus fortes que nous, oui, plus fortes, plus volontaires. La preuve, Marthe m'a écrit qu'elle fait maintenant le pain pour chez nous. Tu te rends compte ? Tu sais la force que ça demande de pétrir trente kilos de farine ?

— Oh oui ! Ça non plus ce n'est pas un travail de mauviette !

— Mais c'est pas tout ! Marthe me dit aussi qu'à Cressensac, la femme de Pierre Treille - oui, le boucher qui me prend souvent mes agneaux - eh bien, sa femme est à son étal tous les jours. Pour abattre, elle se fait juste aider par son beau-père, le vieux Léon, et après elle se débrouille, seule ! Alors tu vois, pour les battages, nos femmes trouveront la combine. Enfin, j'espère...

« Et elles l'ont trouvée, pour tout et en tout ! » pensa Jean dont l'attention fut soudain attirée par un son étrange, une sorte de mélopée étouffée et syncopée. Alors il comprit et quitta son poste pour rejoindre son voisin de la classe 18.

Le jeune était là, accroupi dans une sorte de niche creusée dans la glaise, un trou infâme, tout suintant d'eau.

— Vas-y, petit, chiale si ça te fait du bien, murmura Jean en lui posant la main sur l'épaule. Et surtout, n'aie pas honte, on l'a tous fait un jour ou l'autre. Ça ne se voit pas toujours, ça ne s'entend pas non plus parce que beaucoup chialent sans larmes, en dedans, dans leur tête quoi, et que c'est peut-être le pire... Alors, n'aie pas honte.

— Je m'en fous de la honte ! Pas de la peur ! J'ai peur, nom de Dieu, et j'en crève ! dit le jeune en essayant de se relever, de s'extraire de la gangue de boue dans laquelle, épuisé, vaincu par la terreur, il s'était caché.

— Donne-moi la main, dit Jean. Là, voilà. Tiens, mets-toi là, c'est un peu moins boueux. Ça va mieux ?

— Ça va, à deux, ça va. Tu me laisses pas, dis ?

— Bois un coup, lui proposa Jean en lui tendant son bidon.

Il était aux trois quarts plein d'une mauvaise eau-de-vie, un redoutable et acide tord-boyaux dont il n'usait que rarement, quand le froid devenait insoutenable.

— Mais va doucement quand même, moi elle me fout l'estomac en l'air, cette saloperie, ajouta-t-il en comprenant que le jeune tétait à pleine bouche. Alors, ça va mieux ? demanda-t-il quand l'autre lui rendit le bidon.

— Ça va, enfin... Oui, ça va dès que je ne suis plus tout seul...

— Comment tu t'appelles ? demanda Jean qui depuis longtemps maintenant, et sauf exception, ne prenait plus la peine de connaître par leur nom les jeunes classes. Car, même si l'état-major faisait tout pour cacher les chiffres, tous les vétérans, les anciens, savaient depuis longtemps que près de quatre-vingts pour cent des bleus ne revenaient pas de leur premier assaut, leur baptême du feu ; il était donc inutile de savoir leur nom...

— Louis Vergne.

— Et tu es d'où ?

— De Saint-Libéral-sur-Diamond.

— Connais pas ce bled. C'est où ? En Corrèze ?

— Ben oui ! Pas loin de Saint-Robert et de Perpezac-le-Blanc.

— Perpezac ? Ah oui, je connais. Enfin, je n'y ai jamais été, c'est loin de chez nous, mais on m'en a parlé et j'irai un jour, sûrement, murmura Jean en espérant que son chuchotement ne trahirait pas son émotion : Et tu fais quoi, là-bas ?

— Paysan.

— Comme moi. Et qui s'occupe de la ferme, ton père ?

— Non, ma mère et mon petit frère : il a quinze ans, l'est encore un peu tranquille, hein ? Dis, ils vont quand même pas tout de suite appeler la classe 21, dis ?

— Et ton père ?

— Il était de la 93. Ils l'ont rappelé d'abord dans la territoriale, et puis l'année dernière, comme tout le monde, il a rejoint l'active. Il a disparu en avril, du côté de Douaumont, je ne sais pas trop où... Et moi j'ai la trouille de faire pareil...

— Je comprends, murmura Jean. Tu veux un coup de gnôle de plus avant que je retourne là-bas ?

— Non, elle m'a foutu le feu à l'estomac, parce qu'avec tout le pinard que j'ai bu avant...

— Oui, lui aussi est une belle saloperie. Allez petit, cramponne-toi, il faut tenir, on a la relève dans une heure. Et ne fais surtout pas attention au bruit qui est là, devant ; je t'assure que ce sont les rats.

— Qu'est-ce qu'ils font ?

— La sarabande, ils s'amusent, eux..., dit Jean en rejoignant son poste.

« Je n'allais quand même pas lui dire que ces saloperies de bestiaux sont sûrement en train de ronger quelque cadavre abandonné dans le glacis depuis la dernière attaque, il l'apprendra bien assez tôt ! Et pas lui dire non plus que, s'ils s'arrêtent de faire tout ce boucan, c'est qu'ils auront peur et détaleront. Je saurai alors que quelqu'un approche d'ici, en quête d'un mauvais coup. »

Mercredi 20 décembre 1916

Ferme des Combettes. 23 heures

« Encore une heure à veiller et je pourrai aller me coucher », pensa Marthe en entendant la pendule égrener onze coups, avec cinq minutes d'avance.

Une heure pendant laquelle elle allait poursuivre la confection du gros tricot qu'elle voulait expédier le plus tôt possible à Jean. Car dans ses lettres, toujours aussi laconiques, il se plaignait beaucoup du froid. Aussi, après deux paires de chaussettes, une de gants et un passe-montagne envoyés au cours du dernier mois, avait-elle hâte de finir ce pull monté en grosses mailles serrées, de la laine fournie par les brebis de la ferme. Il allait être très chaud et elle savait qu'en le portant, Jean bénéficierait tout à la fois de son confort et apprécierait aussi son odeur un peu forte de laine écrue ; elle lui rappellerait la ferme et les temps de paix qui semblaient maintenant si lointains. Enfin, elle en était certaine, il n'oublierait jamais avec quel amour ce tricot avait été fait.

« J'aurai fini la première manche ce soir », pensa-t-elle en présentant son travail à l'ensemble déjà bâti. Elle estima l'allure qu'aurait bientôt le pull-over, fut satisfaite et reprit son travail. Grâce à lui et à l'attention qu'il demandait, elle espérait cantonner sa pensée dans des évocations maintes fois rebattues, mais sans conséquence pour son moral, et museler ainsi l'angoisse latente qui la guettait.

Alors, bien qu'elle n'en conservât pas un agréable souvenir car les journées de battage les avaient poussées, elle et ses voisines, au sommet de l'épuisement, lui revenait ce réconfortant sentiment d'avoir là aussi, et déjà, agi comme il le fallait.

Dès le premier jour de battage chez les Bordes et alors que l'entrepreneur, le père de Marguerite Teyssandier, habitué à travailler avec une troupe d'hommes solides, semblait dépassé par les événements, Marthe intervint. Décelant le flottement de la situation, elle comprit qu'elle devait réagir avant que le découragement ne s'installe.

— Eh ! dites, on ne va pas attendre jusqu'à ce soir que le travail se fasse tout seul ! lança-t-elle à ses voisines qu'elle devinait hésitantes quant aux postes à tenir.

— Ben oui, dit Germaine Bordes, mais comment on fait ?

— Il faut d'abord demander à monsieur Teyssandier, c'est sa machine, alors...

— Oh ! Moi ? C'est simple, dit le vieil homme, ma place est là, à m'occuper de la loco et à la garder sous pression. Il faut aussi que je sois autour de la batteuse pour tout vérifier, résiner les courroies et surveiller les grilles du crible. Quant à mon commis, je le mets au batteur, il sait faire et n'y laissera pas les mains ! Mais pour le reste, mes petites, débrouillez-vous comme vous l'entendez !

— Tu as une idée ? demanda Marthe à Léonie.

— Non, vas-y toi, on verra bien si ça va.

— Bon, décida Marthe après quelques instants de réflexion, si ça vous va, on met Germaine et son père au pailler, pour lancer les gerbes ; toi, Marguerite, tu grimpes là-haut sur la batteuse pour les délier et les pousser vers le commis. Quel est son prénom déjà ?

— Alfred, dit Teyssandier, mais ça ne sert à rien de l'appeler, il est plus sourd qu'une enclume et aussi muet qu'une souche !

— Bien, poursuivit Marthe, toi, Francette, dans ton état, tu vas rester à la trémie, juste pour surveiller le remplissage des sacs et ouvrir ou fermer les volets. S'il veut bien, on va mettre ton père pour rentrer la paille. Et puis Léonie, Germaine, Françoise et moi on montera les sacs au grenier. Mais toi, Francette, veille à ce qu'ils ne soient qu'au tiers pleins, pas plus, car, sûr de sûr, jamais on ne les portera même s'ils ne font qu'un demi-quintal ! Voilà, père Teyssandier, si ça vous va, on peut attaquer.

— Ça me va, ma petite. Mais si tu veux mon avis, vous, les jeunes, pensez à changer de temps en temps de place, parce que ça va être dur ! Et on n'est qu'au premier jour...

— Vous avez raison, on changera. Enfin, pas

Francette, il ne faudrait pas qu'elle nous fasse son petit avant l'heure !

Le battage commença, plein de poussière, de bruit et très vite éreintant pour tous, car beaucoup de gerbes étaient très lourdes, liées pour être manipulées par des hommes. Quant aux sacs de blé qui, remplis jusqu'à la gueule, eussent pesé près de cent kilos, poids qui, toutes les femmes s'en souvenaient, ne semblait pas écraser, naguère, leurs frères ou leurs maris, ils devenaient, même au tiers pleins, des charges terrifiantes sur leurs épaules.

C'est en suant et en soufflant, ruisselantes de transpiration et peu soucieuses de leurs corsages dégrafés et de leurs jupes relevées qui dévoilaient parfois leurs cuisses, blanches comme du lait, qu'elles escaladèrent, toutes titubantes, les barreaux de l'échelle dressée jusqu'au grenier.

Toutes comprirent alors, bien avant midi, pourquoi, les autres années, les hommes demandaient à boire, et si souvent, dès que le soleil commençait à taper.

Lèvres et bouche comme de l'amadou, gorge asséchée par la poussière, assoiffées comme jamais, elles se surprirent à leur tour à attendre, et parfois même à réclamer avec impatience, le verre de petit vin gris rafraîchi au fond du puits que leur servait la vieille mère Bordes. Et elles burent cul sec.

De même, lorsque, vers quatorze heures, battage du jour enfin terminé, elles passèrent à table, c'est avec un appétit, une voracité d'hommes qu'elles firent honneur au repas préparé par les grands-mères de Léonie et de Germaine Bordes. Et aucune, solide chabrol fait, ne chipota le jambon de ferme, le poulet aux scorsonères, le plantureux pot-au-feu, la salade aux œufs durs, les fromages blancs et les tartes à la confiture. Et presque toutes acceptèrent le petit coup de prune dans le verre de café à la chicorée.

Malgré cela et le contentement d'avoir, au mieux, maîtrisé une situation imprévue, toutes appréhendèrent les semaines et peut-être, hélas, les mois à venir. Car si Berlin devait être prise pour Noël, ce qui était paraît-il presque certain, décembre était encore loin et bien longs les jours qui l'en séparaient.

Chacune d'elles, sans en parler, pressentait aussi que leur fatigue, leurs courbatures, leurs douleurs dans le dos et les reins, les élancements de leurs muscles en feu et tout leur épuisement seraient quand même insuffisants pour que, dès la nuit venue, ne surgissent pas l'angoisse et la douleur générées par l'absence de leurs hommes.

Il n'y avait pourtant que cinquante-six jours qu'ils étaient partis. Mais déjà, un mois plus tôt, le 31 août, un jeune de Coste-Blanc, un de la classe 12, était tombé, une balle en plein front, du côté de Voncq. C'était un bourg situé on ne savait bien où, sur l'Aisne d'après le maire, donc à l'est, pas très loin de Sedan.

Déjà aussi, dans presque tous les villages alentour, des femmes de tous âges avaient pris les habits de deuil que beaucoup ne quitteraient plus jamais.

« Et encore, heureusement qu'on ne savait pas que ce serait si long, si terrible, pensa Marthe en commençant une nouvelle pelote ; si on avait deviné, peut-être bien qu'on n'aurait pas tenu, pas survécu. Et peut-être aussi que les hommes, les soldats, auraient protesté et tout fait pour que cesse cette folie, ce carnage. Au lieu de ça, il y a huit cent soixante et onze jours que Jean est parti et que je n'en peux plus d'attendre et d'avoir peur... Mais j'ai tort de penser à ça », se reprocha-t-elle, très consciente de se laisser glisser sur une insidieuse pente, celle du désespoir.

Elle s'étira puis se pencha vers le feu. Il était maintenant assoupi sous une couche de cendres d'où fusaient parfois, ultime résistance des brandons en fin de combustion, quelques crépitantes étincelles.

Là, contre la plaque de cheminée encore chaude, était posée la cafetière d'émail, aux flancs bruns, dans laquelle tiédissait la tisane ; un mélange de chicorée et de café confectionné dès le matin et sur lequel, au cours du jour, il suffisait de verser deux louches d'eau bouillante pour obtenir une boisson peu excitante, une « repasse », comme on disait dans le pays. Elle s'en versa un demi-verre, sucra, but deux gorgées.

« Enfin, avec les premiers battages on ne s'en est pas trop mal sorties, pensa-t-elle pour s'efforcer de chasser les trop sombres idées qui la guettaient, oui, bien sorties même, et toutes ensemble. »

C'était vrai. Grâce aux femmes, la batteuse et la locomobile du père Teyssandier avaient pu être mises en marche dans toutes les fermes, et le pain de l'année avait été assuré. Mais, cela fait, était arrivé le temps des labours. Ils étaient indispensables car d'eux dépendaient les semailles, donc la vie de toutes les fermes.

Puisque les hommes n'étaient toujours pas de retour, Marthe, comme tant d'autres, avait dû s'atteler à la tâche. Mais c'est le cœur plein de tristesse qu'après avoir charroyé et étalé le fumier, elle avait étrenné le brabant. Un engin tout neuf, dont les socs et les versoirs étaient encore luisants de graisse ; un outil qu'elle n'aurait jamais dû avoir à manier, tellement Jean se faisait un plaisir de l'essayer et surtout tellement il était lourd...

Ah ! ce brabant double, en avaient-ils rêvé, l'un et l'autre ! Jusqu'en ce début d'année 1914, pour retourner les terres de la propriété, Jean s'était servi d'une très vieille charrue Dombasle. Un engin de plus en plus brinquebalant, périodiquement remis en état par les charrons successifs de Coste-Blanc. Le dernier, Victor Delbos, avait prévenu Jean que les versoirs étaient au comble de l'usure et que les socs, tant de fois rechargés, risquaient maintenant de se casser sur le premier nez de rocher venu.

— Ton grand-père, mon pauvre père, l'avait acheté l'année de son mariage, lui avait jadis dit Octavine. Et moi, en plus de mon trousseau, car je ne suis pas arrivée sans rien, moi... en plus de mon trousseau complet et d'un hectare de très bonne terre, je suis venue avec cette charrue...

Aussi Octavine avait-elle protesté avec toute la mauvaise foi dont elle était capable quand elle avait appris que son fils se préparait à faire une infidélité à cette Dombasle quasi historique.

— Je te dis que Victor se fout de toi ! gronda-t-elle. Attends un peu que j'aille le voir, il va m'entendre, le Victor, et c'est pas parce qu'il est maire que je vais me priver de lui dire ce que je pense !

— Laissez-le donc tranquille, dit Jean, il n'y est pour rien !

— Tiens donc ! C'est juste parce qu'il veut te vendre ce... braquant, bratant ?... ce je ne sais comment tu l'appelles, qu'il t'a fait croire que notre charrue était trop usée pour être réparée !

— Mais non ! Elle est foutue, elle a fait plus que son temps !

Mais il en fallait plus pour convaincre Octavine.

— Et moi, je suis sûre que Victor t'a embobiné, insista-t-elle.

— Il n'a rien à voir dans cette histoire. Je n'ai pas acheté le brabant chez lui, d'ailleurs il n'en vend pas !

— Quoi ? Tu l'as déjà acheté, sans me prévenir ! Quand ? Où ?

— Il y a huit jours à Brive, à la foire de la Saint-Jean...

— Et tu ne m'en as rien dit ! Ah ça, par exemple ! Et vous, vous le saviez bien sûr ! lança Octavine à sa belle-fille.

— Bien entendu que Marthe le savait, elle était avec moi quand j'ai fait l'affaire ; même que, grâce à elle qui a discuté, le vendeur m'a rabattu le prix du transport jusqu'à Noailles ! Le brabant sera après-demain à la gare, je n'aurai plus qu'à aller le chercher.

— Bon, fais-en à ta tête, mais tu le regretteras, d'avoir dépensé tes sous pour rien !

— Mais comprends donc, bon sang ! Pour nos nouvelles terres, j'ai besoin d'un outil qui me fasse de beaux labours, profonds, réguliers ; elles méritent ça !

Car s'il était exact que la Dombasle était à bout de course, ce qui avait aussi décidé Jean et Marthe à investir dans l'achat d'un brabant double, c'était l'acquisition de terrains qu'ils avaient faite au début de l'année. Deux hectares, répartis en cinq lots qui touchaient tous aux parcelles des Combettes et que Jean se réjouissait d'emblaver dès l'automne venu.

Parce qu'il savait que les champs étaient de bonne mais lourde terre, difficile à retourner, il s'était trouvé dans la quasi-obligation d'acheter une charrue moderne, un brabant double. Un merveilleux et révolutionnaire engin qui, grâce à son age chargé de deux socs et versoirs en opposition, permettait de magnifiques et profonds labours à plat. L'ensemble était plus lourd que l'antique Dombasle, mais Jean était fort et le maniement de l'outil ne l'inquiétait pas, bien au contraire.

Tel n'était pas le cas de Marthe lorsqu'elle décida que le temps des labours était venu.

— Vous êtes plus têtue qu'une bourrique, hein ? Je suis sûre que vous n'y arriverez pas ! prévint Octavine lorsque, au matin du 18 octobre, Marthe lui demanda de l'aider à atteler la charrue.

Elle savait qu'il était temps de commencer les labours car la terre, bien assouplie par quelques grosses pluies, était désormais apte à recevoir le soc. Aussi, aidée par sa belle-mère, elle venait de lier les deux vaches de travail, la Mignonne et la Gaillarde, mais hésitait pour fixer la chaîne du joug au régulateur de traction.

— Et alors, comment allez-vous vous y prendre maintenant ? ironisa Octavine avec un mauvais sourire car l'embarras de sa belle-fille ne lui avait pas échappé.

— Faites reculer les bêtes, demanda Marthe en feignant de ne pas entendre les réflexions. Voilà, c'est bon, dit-elle après avoir réussi à glisser le crochet d'attelage à sa place.

— C'est pas pour ça que vous allez y arriver ! assura Octavine. Allons, dételez-moi cet engin de malheur et allons chercher la Dombasle. Elle au moins, vous pourrez la tenir et la guider. Ce n'est pas comme cette mécanique qui est beaucoup trop lourde pour vous et que vous ne connaissez pas ! Prenons la Dombasle et je vous ferai voir, moi, comment on laboure !

— Non. On a payé ce brabant assez cher pour qu'il serve maintenant à quelque chose ! Allons-y ! On devrait déjà être au travail ! J'ai dit que je labourerai avec cet engin et je vais le faire !

— Petite entêtée !

— Parfaitement ! approuva Marthe en empoignant les poignées de relevage et en levant la charrue pour éviter que le soc ne racle le chemin qui conduisait au champ.

« Dieu que c'est lourd ! pensa-t-elle en s'efforçant de ne pas grimacer, de cacher l'effort qu'elle faisait, tant elle sentait sur elle le regard de sa belle-mère. Il ne faut surtout pas que je lui donne le plaisir de me voir en difficulté. Elle n'attend que ça », se dit-elle en serrant les dents.

Mais déjà les muscles de son dos et de son ventre protestaient, et ses bras tremblaient.

— Allons, ne soyez pas stupide, ma pauvre petite, lâchez ça, vous allez prendre du mal ! Vous voyez bien que vous n'en pouvez déjà plus ; vous transpirez pire qu'un boudin dans la poêle ! lâcha Octavine quand elles arrivèrent enfin à l'entrée de la terre.

— Vous occupez pas de moi, dit Marthe en reprenant son souffle et en essuyant, d'un revers du bras, son visage ruisselant de sueur. Faites avancer les bêtes ! Là, oui, voilà...

— Vous voulez encore jouer les malignes, hein ? lança Octavine, mais vous ne m'enlèverez pas de l'idée que nous perdons notre temps ! Si on avait la Dombasle, on aurait déjà tiré au moins dix sillons !

— Rien du tout ! C'est avec cette charrue qu'on fera tous nos labours, que ça vous plaise ou non ! Ce brabant, Jean se faisait une joie de l'étrenner ! Il n'a même pas pu l'essayer avant de partir, on était en pleines moissons ; de toute façon, la terre était trop sèche. Maintenant, elle est propice, et que le diable m'emporte, mais rien que pour faire plaisir à Jean et pouvoir le lui écrire je vais labourer à sa place! lança Marthe en abaissant le levier de terrage.

« Heureusement que le vendeur nous a bien fait voir comment ça fonctionne et que j'étais avec Jean quand on l'a acheté, pensa-t-elle, n'empêche, pourvu que ça marche... »

— Allez! cria-t-elle en touchant les vaches de son aiguillon, Aïie! Et vous, mère, tâchez de guider les bêtes bien droit, il faut que ce premier sillon soit comme une règle!

Il le fut et elle pensait déjà avoir gagné la partie. Car, contrairement à la Dombasle qui exigeait que l'on pesât sur ses mancherons pour la maintenir en ligne, le brabant, par son propre poids, prenait de lui-même son assise. Marthe, une main sur le corps de la charrue, devait tout au plus surveiller sa parfaite verticalité pour obtenir un labour régulier.

Mais elle n'était pas au bout de ses peines et elle se crut même vaincue lorsque, à l'extrémité du champ, premier sillon ouvert et après avoir prestement tiré sur le levier de terrage, elle dut extraire le brabant de la terre. Cela fait, et à grand-peine, elle le soutint pendant que les vaches tournaient dans la fourrière. C'est alors qu'elle douta de ses capacités à poursuivre. Car maintenant, le tout n'était pas de maintenir la charrue hors de terre, encore fallait-il faire pivoter l'age et l'enclencher dans sa nouvelle position.

Ce fut, une fois de plus, le méchant regard de sa

belle-mère qui la fustigea, la poussa à l'extrême limite de ses capacités, de sa force. C'est en gémissant comme une parturiente, en un formidable effort de tout le corps, qu'elle parvint à faire basculer l'ensemble et à placer le soc là où il devait être.

Épuisée, mais fière d'elle, désormais certaine qu'elle pourrait poursuivre le travail qu'elle s'était fixé, ce fut elle qui se permit de lancer un coup d'œil triomphant en direction d'Octavine. Dépitée, vaincue, celle-ci baissa la tête et aiguillonna les bêtes.

Au soir, tout le champ était labouré. Mais Marthe, malgré son bonheur d'avoir mené sa tâche à bien, était rompue. Moulue à tel point qu'elle douta d'être capable de reprendre, dès le jour suivant, le labour d'une nouvelle pièce.

Pourtant, le lendemain matin, debout comme tous les jours à six heures, une fois les bêtes soignées et les enfants partis à l'école, c'est d'une poigne ferme, malgré les courbatures qui la torturaient et les muscles de son ventre et de son dos en feu, qu'elle ficha le brabant en terre.

Mercredi 20 décembre 1916

Tranchée des Revenants. 23 heures 10

« Bon Dieu ! C'est pas possible d'avoir autant sommeil et de se geler comme ça ! » pensa Jean en resserrant sur lui les pans dégoulinant d'eau de sa capote. Car maintenant, outre une envie de dormir de plus en plus écrasante, il était gagné par le froid ; un froid mordant qui, déjà, lui anesthésiait les orteils et les jambes.

« Et si encore je pouvais taper les pieds sur du solide, ça les réchaufferait un peu ! se dit-il en décollant avec peine une de ses chaussures du trou boueux où elle était plongée.

« Si ça se refroidit encore, c'est de la neige qui va tomber. Manquerait plus qu'elle ! Mais c'est normal que pour Noël il y ait de la neige. »

Il venait de penser à Noël et le regretta aussitôt car son évocation lui rappelait que, pour la troisième année consécutive, il allait réveillonner d'un bout de saucisson et d'un quart de mauvais vin, au fond d'une tranchée infâme, loin des siens.

« Et tout ça parce que ces salopards d'officiers, planqués dans les bureaux, tranquilles à l'arrière, ont, une fois de plus, retardé les permissions. Ah, les pourris ! Ils nous font le coup à chaque fois. C'est tous les quatre mois qu'on a droit à une semaine, qu'ils disent ! Ah oui, belle façon de compter ! Même en supposant qu'ils me l'accordent en janvier, ce qui n'est pas sûr, ça fera cinq mois pleins que je n'aurai pas remis les pieds chez nous. Et pourtant, je devais y être pour Noël, on m'attendait. Encore une chance si, dans quatre jours, je ne suis pas de garde, comme ce soir... »

Ce n'était pas qu'il ait jamais fêté Noël avec faste, ses finances ne le lui permettaient pas. D'ailleurs, Marthe, qui tenait les comptes, n'aurait jamais voulu que l'on gaspillât en superflu des sous si durement gagnés.

Malgré cela, il était de tradition, entre bons voisins, tantôt chez l'un, tantôt chez l'autre, et pendant que les femmes étaient parties aux trois messes de la nuit, que les hommes se réunissent pour cette veillée la plus longue de l'année.

Bien installés et au chaud, grâce au brasier qui ronflait dans la grande cheminée, paquet de tabac et Job à portée de la main, ils y allaient de leur manille. Vers onze heures et demie, quand venait le temps des palabres, des histoires et des potins, l'hôte garnissait la table de boudins, de jambon et de rillettes, de fromages. Parfois même, si l'année avait été très bonne et les truffes abondantes au point de se vendre à bas prix, venait s'ajouter une fumante, baveuse et plantureuse omelette toute mouchetée de rondelles noires, au parfum enivrant. Et les verres étaient toujours pleins de ce vin épais, lourd et noir, issu des ceps de noah, d'herbemont et d'othello, de ces jeunes vignes replantées en plants américains, après le phylloxéra.

« Mais j'ai bien tort de penser à tout ça, se reprocha-t-il, car c'est des coups à faire comme le gamin d'à côté, là, et de se mettre à chialer, de misère et de rage. Parce que, bon Dieu de bon Dieu ! c'est quand même pas humain de nous déplacer ici et là, mais toujours dans ces trous à rats et dans ce carnage depuis bientôt vingt-huit mois, c'est pas humain, non !

« Mais pourquoi ces pourritures de l'état-major s'en priveraient ? Ils ont toujours pris tout leur temps ; on voit bien qu'ils ne sont pas en première ligne, ces salopards ! Ils ne sont jamais pressés de changer quoi que ce soit ! Ils ont bien mis près d'un an avant de s'apercevoir que nos pantalons rouges faisaient de sacrées belles cibles pour les fumiers d'en face !

« Et c'est pareil pour le casque ! Lui, on ne l'a eu qu'en septembre de l'année dernière, juste avant la grande offensive en Artois, après plus d'un an de carnage ! Mais combien de copains étaient déjà morts d'une balle ou d'un éclat dans la tête qu'aurait sauvés cette foutue cloche en ferraille ! Quoique, là encore, faut pas croire au miracle...

« — Le casque Adrian ne doit plus quitter votre crâne, il vous protégera ! nous avait dit le lieutenant Dumas, pas un mauvais chien celui-là, juste avant l'attaque. Je m'en souviens comme d'hier, on était à côté d'Agnez-lès-Duisans, un coin pourri, lui aussi. Et en plus, il pleuvait autant qu'ici! Et puis, une heure après, il était mort, le lieute, malgré son putain de casque, la tête ouverte comme un melon, coupée en deux jusqu'au menton par un éclat de 150... Parce que les salauds d'en face, qu'on venait de pilonner pendant cinq jours, avaient encore des tubes en état et de quoi les charger!

« Pour ce qui a été d'attendre, ça a été pareil pour les masques à gaz. Il a fallu que tout un tas de pauvres bougres crachent leurs poumons et s'arrachent les yeux tellement ça les brûlait pour qu'on nous distribue autre chose que ces bricoles de rien du tout, en toile, ces compresses de tissu trempé dans je ne sais quoi et qu'on devait s'attacher sous le nez dès que l'alerte était donnée! On a dû patienter plus de six mois après le premier gazage d'Ypres pour qu'on nous donne enfin un masque à peu près efficace; ça fait juste un an!

« Quant à la première permission, je l'ai attendue presque un an, elle aussi, et mieux vaut ne pas trop y penser... », se dit-il en essayant de chasser tous les trop nostalgiques souvenirs qui l'assaillaient. Il savait à quel point leur évocation risquait d'éveiller ce maudit cafard, toujours accroché en lui, prêt à le submerger et qu'il devait sans cesse combattre, sans toujours parvenir à le vaincre. »

« C'est stupide de remuer tout ça, se dit-il, mais comment faire autrement, comment oublier ces instants, toutes ces visions, comment effacer les quelques jours de ma première perme ? Impossible, tout est là, en moi », se souvint-il en laissant libre cours à sa mémoire.

D'ailleurs, vu l'engourdissement, proche de la léthargie, contre lequel il luttait, il en était au point de se dire que toutes les pensées, pour peu qu'elles soient cohérentes, valaient mieux que le sommeil.

— Saloperie ! grogna-t-il en s'écartant un peu du parapet pour s'éloigner d'un rat qui venait de lui frôler le visage, pourriture de bête ! Tiens, j'en ai même perdu le compte ! constata-t-il en reprenant sa place contre la paroi.

« La première perme ? Ah, les salauds, ils nous l'ont fait attendre ! On a dû patienter onze mois pleins avant de remettre les pieds chez nous et avant que ces pourris de galonnés se souviennent que, nous aussi, on avait une femme et des gosses ! et une ferme en plus ! D'ailleurs, s'ils nous l'ont accordée, cette première perme de huit jours, c'est du bout des lèvres et principalement à nous, les paysans ; parce que c'était l'époque des moissons et qu'ils savaient bien qu'on en mettrait un coup pour rentrer le blé et nourrir ainsi tous les planqués de l'arrière, tous ces fumiers de mercantis qui s'engraissent pendant qu'on crève ! »

Ah, cette première permission ! Il en conservait d'abord le souvenir précis de son attente pendant les quelque trois semaines qui l'avaient précédée, lorsque, en juin 1915, avait couru le bruit que certains veinards - des pistonnés sans doute - avaient déjà pu rentrer chez eux pour huit jours. Puis était venu le décompte puisqu'il fallait partir à tour de rôle et toujours laisser le maximum d'hommes susceptibles de refouler une attaque et, par là même, de se faire crever la panse !

Enfin, il avait reçu son billet et, tout gauche, sale et déguenillé, il avait pris le train avec Édouard. Le 326e de ligne était alors cantonné à Naours, au nord d'Amiens, et l'un et l'autre gardaient un mauvais souvenir des quelques heures qu'ils avaient passées au contact des civils en attendant leur correspondance pour Brive.

Déjà, même à Amiens, pourtant près du front, ils avaient été frappés par l'abîme qui séparait les lignards comme eux de tous les gens de l'arrière. Ceux-ci semblaient ne pas bien mesurer à quel point leur teint fleuri, leurs vêtements propres et même beaucoup de leurs propos étaient déconcertants pour ceux qui, depuis onze mois et presque sans discontinuer, venaient de survivre face à l'ennemi, le plus souvent dans d'épouvantables conditions.

Quant à l'esprit qui régnait à Paris, à son animation et cette sorte d'exubérance qui planait partout, Jean, autant qu'Édouard, en avait été choqué. Gêné aussi par le prétendu patriotisme que maintes élégantes feignaient d'afficher en s'affublant de robes et fanfreluches aux couleurs du drapeau. Et il sautait aux yeux que la présence incongrue de certains jeunes, repus et en bonne santé, aux cafés ou sur les Grands Boulevards, n'était due qu'aux quelques hautes relations dont ces hommes savaient user pour être toujours là à se pavaner et non au front, face à l'ennemi.

Gênés et conscients que leur tenue et leur crasse attiraient sur eux des regards critiques et même désapprobateurs, plutôt que de poursuivre leur flânerie dans Paris, Édouard et lui avaient préféré rejoindre la gare d'Orléans pour y attendre leur train. Là au moins, au milieu des autres permissionnaires qui semblaient aussi décontenancés qu'eux, ils s'étaient sentis beaucoup plus à l'aise.

« C'est vrai, là on était entre nous, entre hommes, et il n'y avait pas d'embusqués ! Et on n'avait pas honte d'être si sales et fatigués, on savait tous pourquoi on était dans cet état ! N'empêche, onze mois sans avoir pu revoir les nôtres, c'était pas humain. Et quand je pense que ce pauvre bougre d'Édouard n'avait toujours pas vu son fils, lui qui, au début, avait peur qu'il ait ses premières dents quand il ferait sa connaissance ! Ah oui ! parlons-en des premières dents du gosse ! Quand on a eu notre perme, Francette avait écrit, quinze jours plus tôt, que le gamin venait juste de faire ses premiers pas ! Quant à moi... »

Il gardait de ces retrouvailles avec les siens, en cette lumineuse et chaude fin d'après-midi de juillet, le souvenir poignant d'avoir d'abord beaucoup intimidé ses enfants. Puis il avait compris que ceux-ci ne le reconnaissaient pas, ou très mal, et qu'ils avaient peur de se précipiter vers lui avec leur habituel et rafraîchissant enthousiasme juvénile.

Il s'était alors souvenu qu'il était sale, amaigri, pas rasé depuis des jours, plein de poux et de vermine, que ses cheveux beaucoup trop longs et maintenant gris les surprenaient ; que son regard, à la fois dur et perdu, les tenait à distance et qu'ils n'osaient sauter dans ses bras.

Même sa mère et sa grand-mère avaient mal caché le choc qu'elles ressentaient en ne retrouvant pas en lui l'image qu'elles en avaient gardée.

Seule Marthe l'avait accueilli avec toute la fougue et l'amour dont elle était capable.

Mais, les premières effusions terminées, elle avait compris qu'il devait avant tout se laver, se décrasser, s'épouiller, se débarrasser de cette puissante odeur qu'il traînait ; cette sorte de douceâtre fétidité, toute chargée d'effluves de terre et de poussière, de boue sèche, de poudre, de sueur, de mort. Alors, comme toujours, elle avait réagi, fait pour le mieux.

— Vous les enfants, allez surveiller les brebis dans la bouyge et ne revenez surtout pas tant que je ne vous aurai pas appelés ; vous mère et vous mémé, activez-moi le feu et faites chauffer de quoi remplir une comporte d'eau. Tu vas voir, avait-elle ensuite murmuré en lui caressant le visage, je vais te rendre tout propre, tout beau, comme avant. Mais pendant que l'eau chauffe, tu vas te raser et moi je vais te couper cette tignasse. Vous n'avez pas de coiffeur là-bas ? Et pas de ciseaux non plus ?

— Si, si, mais ces dernières semaines on n'a pas eu le temps de penser à ça...

Plus tard, alors qu'il venait d'entrer, nu, dans la comporte pleine d'eau chaude, Marthe avait aussitôt remarqué la longue et sinueuse cicatrice rougeâtre, de plus de vingt centimètres, qu'il portait sur le mollet droit.

— Qu'est ce que c'est que ça ?

— Oh rien, juste une griffure. Je me la suis faite dans les barbelés, en février, du côté de Baconnes...

— Tu aurais pu me l'écrire !

— À quoi bon, tu te serais inquiétée. C'était rien, plus grave pour mon pantalon que pour ma viande...

C'était faux, mais il n'avait pas voulu lui dire à quel point la plaie était profonde et douloureuse. Très laide aussi, car pleine d'une boue épaisse que le sang, qui coulait pourtant à flots, ne parvenait pas à chasser de la chair déchiquetée. Mais ce n'était rien par rapport aux blessures par balles ou éclats reçues par certains camarades. D'ailleurs, il ne s'était même pas présenté à l'infirmerie, conscient que son état ne méritait pas qu'un médecin perde son temps avec lui, tous avaient tellement mieux à faire !

Tout au plus et dès qu'il l'avait pu s'était-il versé sur le mollet un quart de bidon de cette eau-de-vie infâme que certains margoulins proches du front vendaient à des prix prohibitifs. Bien lui en avait pris car, peu de temps après, il avait appris de la bouche de son ami Fraysse, toujours infirmier, que deux de ses camarades, déchirés comme lui le même jour et dans le même secteur, étaient morts du tétanos. Alors, à quoi bon raconter toutes ces horreurs à Marthe.

— N'empêche, c'est une belle estafilade, avait-elle dit en lui caressant le mollet.

Puis, après l'avoir savonné des pieds à la tête, elle l'avait vigoureusement passé à la brosse en chiendent, jusqu'à ce que sa peau en devienne rouge et qu'il demande grâce.

C'est en enfilant ses habits civils qu'il avait enfin commencé à retrouver une sorte de bonheur, une quiétude oubliée depuis des mois et il avait cru sa fatigue envolée.

C'est plus tard, alors que Marthe et lui venaient de se mettre au lit et qu'elle était là, toute proche et amoureuse, qu'il avait mesuré à quel point son épuisement était grand, écrasant.

— D'habitude, tu laissais toujours un peu de lumière, les enfants dorment, tu ne veux plus me voir ? Tu as peur que je sois devenue laide ? lui avait-elle reproché dès qu'il avait étouffé la lampe à pétrole.

— Mais non, pas du tout, tu es toujours aussi belle... Mais je suis mort de fatigue. Je sens que je vais être bon à rien, à rien, pardonne-moi.

Et il était bien vrai que la fatigue le paralysait, annihilait tout désir, mais elle n'était pas la seule responsable de son état. Là, dans la chambre, malgré le corps si doux de sa femme pressé contre lui, venaient de renaître d'indélébiles et inoubliables visions de guerre, d'horreur ; trop de fantômes d'amis disparus, trop de cris de douleur, trop de râles d'agonisants, trop de bruits d'explosions et de pilonnage, trop de peur et de cadavres.

— Non, laisse-moi. Je te dis que je ne suis bon à rien ce soir, avait-il protesté lorsque les mains et les lèvres de Marthe s'étaient faites douces et câlines, bon à rien, crois-moi, juste bon à dormir, simplement dormir. Demain, ça ira mieux, enfin j'espère. Ne m'en veux pas, mais il faut que je dorme.

— Sûrement pas ! avait-elle chuchoté, et il avait alors pensé qu'elle souriait de son lumineux et espiègle sourire. Sûrement pas, avait-elle poursuivi, ce soir et comme depuis que tu es parti, c'est moi la patronne, alors laisse-moi faire. Tu dormiras tout à l'heure, mieux, mais après... Il y a onze mois que j'attends cette nuit et je veux qu'elle soit réussie. Ce soir, c'est moi la patronne, avait-elle répété en se glissant sur lui. Et elle l'avait été.

« La patronne ! Elle me l'a prouvé, en tout », se dit-il avec un pincement au cœur. Et, au risque de sombrer dans le désespoir, il se laissa emporter par l'évocation de ces huit jours de permission, de ces retrouvailles avec ce minuscule horizon de la ferme des Combettes. Ce lieu qui, malgré la guerre, était paisible et, un peu égoïstement, loin du drame pour une semaine.

Car ailleurs, pour beaucoup, à Coste-Blanc et dans les bourgs et villages environnants, contrairement à Paris, et sans doute même à Brive pour les familles qui n'avaient personne au front, l'angoisse était présente, oppressante et la douleur écrasante pour certains.

À tel point qu'Édouard et lui avaient tout de suite compris que leur présence au village était presque une provocation, qu'elle levait même des jalousies. D'abord parce qu'ils étaient en permission ; épuisés certes, désorientés, mais bien là, chez eux, alors que beaucoup de leurs frères d'armes n'avaient toujours pas bénéficié de quelques jours de repos au pays. Ensuite parce que des voisins avaient déjà vu revenir un fils ou un époux mutilés pour la vie et dont l'armée, pourtant en manque d'hommes et qui enrôlait même les borgnes, ne voulait plus. Ils étaient là, déjà trop nombreux et tellement présents, ceux qui avaient laissé un bras ou une jambe, ou les deux, dans quelque champ de la Marne ou du Soissonnais. Et là aussi ceux qui étaient criblés d'éclats ou pourris par les gaz à un point tel qu'on doutait qu'ils fussent encore vivants ; pitoyables spectres pour qui Jean et Édouard, malgré leur regard, le regard de ceux qui ont vu l'enfer en face, étaient des privilégiés.

Ils étaient aussi des privilégiés aux yeux des veuves, des enfants et des mères de tous ceux et de toutes celles qui voyaient en eux toute l'injustice du ciel et de la terre. Car pourquoi eux étaient-ils là, bien vivants, pas même un peu estropiés, et qu'étaient morts l'époux, le fils, le père ? Des hommes souvent bien plus jeunes que Jean Laval, de la ferme des Combettes, ou qu'Édouard Feix du Pradel, des disparus qui, tout autant que ces deux favorisés, auraient dû avoir le droit de vivre.

Alors, pour ne point attiser le chagrin de trop de

femmes ni soulever quelques très injustes et acerbes réflexions, Jean et Édouard n'étaient plus revenus au village. D'ailleurs, l'eussent-ils désiré que le temps leur aurait manqué. Car, malgré le courage de celles qui géraient les fermes depuis près d'un an, les moissons n'étaient pas finies.

— Ce n'est pas notre faute, s'était presque excusée Marthe, le ciel aussi nous a fait des misères. Parce qu'il a plu en juin, on a pris beaucoup de retard pour les foins et, eux terminés, plusieurs orages ont retardé les moissons, ce n'est pas notre faute...

« Sa faute ! La pauvre petite ! » se souvint-il avec de plus en plus d'émotion car, de sa permission, lui revenait avant tout en mémoire cette première nuit que Marthe lui avait offerte. Et là, malgré toute la reconnaissance qu'il lui vouait, il ne parvenait pas à oublier complètement l'humiliation ressentie lorsque, après onze mois de séparation, il s'était rendu compte que son état moral et physique allait le priver de ces moments tant attendus, tant rêvés. Épuisé, doutant de lui, il s'était senti incapable de faire le premier geste et il en avait été honteux, diminué. C'est alors que Marthe lui avait prouvé que plus rien n'était comme avant, que l'ordre des choses était bousculé puisque, même sur ce plan, elle pouvait et savait maîtriser la situation.

Et il n'était qu'au début de sa stupéfaction et de son admirative reconnaissance pour elle. Car, tôt levé malgré les recommandations de Marthe qui l'adjurait de se reposer, de reprendre des forces, il avait fait le tour des champs. L'ensemble l'avait touché au cœur. Tout était dans un état remarquable.

Ici, dans cette pièce moissonnée, attendaient les meules de blé, bien construites, bien couvertes et protégées de la pluie par la dernière et treizième gerbe évasée, posée comme un chapeau. Là, ondulant sous le petit vent du matin, celui que semble souffler le soleil lorsqu'il paraît, une nappe de blé en attente de la faux. Ailleurs, nette, fauchée et ratissée, une prairie de sainfoin qui reverdissait déjà. Ici encore, bien décavaillonnée, épamprée et attachée, toute bleue de bouillie bordelaise, croissait la jeune vigne chargée de ses grappes que le soleil d'été faisait déjà gonfler. Partout une ferme tenue, belle et qui faisait honneur à celle qui l'avait prise en charge un an plus tôt.

« Et malgré tout son travail, elle a même été jusqu'à faire les bordures à la tranche », avait-il constaté en admirant la parfaite propreté et le bel alignement de la limite des terres.

Quant au cheptel qu'il était passé voir au retour de sa promenade, il était à l'image des champs. Les vaches étaient superbes, grasses, bien soignées ; et les brebis propres car fraîchement tondues.

— Alors, ça te va ? avait demandé Marthe occupée à subtiliser une casserole de lait à la Banou, pendant que son veau tétait.

Il avait décelé dans sa voix une once d'inquiétude, comme si elle craignait que, malgré tous ses efforts et son travail, il ait trouvé quelque motif d'insatisfaction.

— J'en reviens pas... C'est, c'est... Ah ! Comment dire ? Magnifique ! Voilà, c'est magnifique ! Mais comment as-tu pu faire ça toute seule ?

— Pas toute seule. Ta mère m'aide beaucoup, tu sais. Et même la mémé y met du sien. Oh ! elle ne va pas très fort, la pauvre, mais enfin, elle fait tout ce qu'elle peut. Et Louise et Albert aussi m'aident. Tout le monde travaille. Alors, ça te va ? Sûr ?

— Magnifique, avait-il juste pu lui dire car, comme quelques heures plus tôt, lorsqu'elle lui avait chuchoté qu'elle était la patronne et le lui avait prouvé, il était sans voix ; ou plutôt tellement reconnaissant qu'il n'était pas certain qu'elle ne tremblât point d'émotion s'il en disait plus. Aussi, pour se donner une contenance, avait-il empoigné une fourche et commencé à refaire la litière des bêtes.

Toujours très impressionné par tout ce que lui avait révélé sa découverte des terres en parfait état, c'est en regagnant la maison pour y casser la croûte qu'il s'était surpris à demander :

— On va moissonner aujourd'hui ou tu as un autre travail en vue ?

Parce que l'un et l'autre avaient aussitôt mesuré à quel point sa question était révélatrice du changement de mentalité né de la guerre, c'est dans un fou rire partagé que Marthe lui avait lancé :

— Dis, tu n'abuserais pas un peu, des fois ? Quand tu es là, ce n'est pas moi qui décide, du moins dans la journée et pour le travail... Mais si tu veux quand même mon avis, bien sûr qu'on va aller moissonner.

Mais aujourd'hui, c'est toi qui fauches, moi j'en ai mon aise.

— Bien sûr que je vais faucher, comme l'an passé, le 1er août...

Et ce souvenir les avait assombris. Mais, peu après, c'est néanmoins avec un immense plaisir qu'il avait affûté la grande lame de la faux à moissonner et ressenti un grand bonheur en la plongeant dans le blé. Ce jour-là, tout avait semblé en ordre, chacun était à sa place et heureux d'y être. Quant à la guerre, elle était très loin de la ferme des Combettes, pour quelques jours.

C'est au soir, en plongeant les dernières gerbes sur les meules, alors qu'Octavine, sa mère et les enfants étaient partis soigner les bêtes, qu'il avait posé la question qui le préoccupait depuis presque un an.

— Ce matin, tu m'as dit que ma mère t'aidait beaucoup, mais comment ça se passe avec elle, tu ne m'en as jamais parlé dans tes lettres. Vous vous entendez bien au moins ?

— Ça va, ça va beaucoup mieux.

— C'est-à-dire ?

— Ben, tu sais, au début et pendant quelque temps, il n'y a pas que toi qui faisais la guerre... Ici, parfois, ça bagarrait aussi ! Mais maintenant, avec ta mère, c'est presque la paix.

— Explique.

— Il faut la comprendre, elle ne m'a jamais aimée ; alors, de voir que tu m'avais confié la ferme, ça lui a fait dépit. Et puis elle était tellement certaine que je n'étais bonne à rien qu'elle a presque tout fait pour le prouver.

— Quoi, par exemple ?

— Rien, rien, des bricoles, j'ai oublié, n'en parlons plus. Le principal, c'est que j'ai pu faire ce que j'avais à faire. Alors les réflexions que j'ai entendues, ce n'est pas grave. D'ailleurs tu as bien vu, malgré tout la ferme est en bon état, c'est ce qui compte, non ?

— Oui. Mais j'aimerais être sûr que vous vous entendez bien, je repartirais plus tranquille.

— Ne parle pas de repartir, il sera bien temps d'y penser le moment venu.

Ce moment-là était vite arrivé puisque, une semaine plus tard, il avait réendossé son uniforme bien lavé et repassé par Marthe. Puis, en serrant les dents pour ne pas flancher, il avait embrassé tous les siens et avait rejoint Édouard qui l'attendait dans la cour.

Comme un an plus tôt, ni l'un ni l'autre ne s'était retourné et ils avaient disparu au bout du chemin qui serpentait vers la gare de Noailles.

Mercredi 20 décembre 1916

Ferme des Combettes. 23 heures 20

« C'est vrai que ce fut très dur, tout ce travail », pensa Marthe en se souvenant de ses premiers labours avec ce brabant double si lourd, si difficile à retourner.

« Et puis il y avait Octavine, toujours prête à critiquer, à siffler des méchancetés, pire qu'une vipère, les rouges, les plus dangereuses et les plus teigneuses. Mais je n'allais pas gâcher la première permission de Jean en lui racontant à quel point sa mère avait été mauvaise. Parce qu'après le labour, il a fallu semer, et là... »

Elle conservait de cette nouvelle épreuve l'humiliation qu'elle avait éprouvée lorsqu'elle s'était trouvée en face du labour, son sac de grains sur le ventre. Certes, ayant maintes fois vu comment son père, et aussi Jean, pour ne pas passer deux fois au même endroit, prenaient soin de jalonner le champ à l'aide de quelques branchettes de chêne ou de genévrier, elle avait agi de même. Mais, cela fait, était venue l'épreuve. Examen d'autant plus redoutable qu'elle sentait derrière elle la présence de sa belle-mère.

Celle-ci avait tenu à conduire les vaches tirant le tombereau sur lequel était posé le sac de blé. Marthe avait tout de suite compris que cette démarche avait pour seul but de la voir dans l'embarras et, pour Octavine, de prendre la revanche qu'elle méditait depuis l'histoire du brabant.

— Vous savez semer au moins ? lui avait-elle demandé en voyant son hésitation à puiser les grains dans le sac, main après l'autre, et à les lancer devant elle en rythmant ses gestes sur sa marche.

— Non, je ne l'ai jamais fait ; mais j'ai vu semer mon père, et Jean aussi, alors...

— Alors ? Eh bien, ma pauvre petite, vous allez voir la différence qu'il y a entre voir et savoir ! Allez ! Moi aussi je veux voir, c'est bien mon tour de rire un peu !

Marthe avait commencé en avançant de quelques pas et en essayant de projeter le blé, loin devant elle, tout en le répartissant en un demi-cercle parfait, régulier ; mais la pratique lui faisait défaut.

— Ah, ah, c'est du joli ! C'est magnifique ! Jean sera tout content de voir ce gâchis quand il reviendra ! Ah, c'est beau ! Attendez un peu que ça germe et nous allons rire, ou plutôt non, ça va nous faire honte quand les voisines verront cette horreur ! avait triomphé Octavine.

Marthe avait alors fait demi-tour et s'était avancée vers elle.

— Dites, si ça vous fait tant rire et si ça ne vous va pas, faites-le à ma place, si toutefois vous savez faire !

— Moi ? Savoir semer ? Mais, ma pauvre petite, si

j'avais autant de louis que j'ai semé de poignées de froment, je ne serais pas là aujourd'hui, je serais la plus riche de tout le Limousin ! Je savais tenir la ferme, en tout, quand vous tétiez encore votre mère ! J'étais veuve, moi ! Et vous osez me demander si je sais semer !

— Eh bien, apprenez-moi, je vous écoute !

— Il ferait beau voir ! C'est à vous que Jean a préféré confier la ferme, pas à moi ! Alors débrouillez-vous, puisque vous êtes si finaude ! Moi, j'ai à faire ailleurs !

— Allez-y, ça me reposera ! Mais n'oubliez pas que j'aurai besoin de vous pour herser, que ça vous plaise ou non.

— Herser ? Bien sûr, mais avant il vous faudra tout emblaver et, partie comme vous l'êtes, ça va être long !

— Portez pas peine, j'y arriverai ! avait promis Marthe en revenant dans le labour.

Là, après avoir réfléchi et bien calculé et surtout sans tenir compte des ricanements qui fusaient dans son dos, elle s'était entraînée quelques instants. Peu après, grâce à cette sorte de mime qui lui faisait plonger les mains dans le sac de grains - sans en prendre, tout en équilibrant ses pas sur le geste du lancement, elle avait trouvé la technique. Et quand elle était revenue à son point de départ, pour ensemencer vraiment, Octavine, vexée, avait déjà disparu.

Cette saison-là, elle avait ensemencé tous les champs qui devaient l'être.

« Oui, ce n'était pas comme maintenant, soupira-t-elle en se versant une demi-tasse de tisane, je n'avais pas l'habitude ; c'était la première fois et il faut bien dire qu'Octavine ne m'a pas aidée ! Depuis, j'ai refait deux autres saisons de labour, de semis, de hersage, de fenaison et de moissons ! De tout ! J'ai même entretenu la vigne et fait les vendanges. J'ai tout fait et du mieux que j'ai pu. Et pour la première année, quand Jean est revenu, il a tout de suite vu que les moissons étaient belles et les terres bien entretenues. Le pauvre, il était dans un tel état qu'il n'aurait plus manqué qu'il retrouve tout en friche, il ne s'en serait pas remis. Dieu qu'il était fatigué et désespéré, à bout ! » se souvint-elle avec émotion.

Car malgré son désir d'occulter ces trop sentimentaux, donc dangereux, souvenirs, elle ne put s'empêcher de se remémorer ce premier soir où, malgré toute son énergie, sa volonté, elle avait failli pleurer de dépit et de tristesse en réalisant que Jean, après presque un an de séparation, doutait de pouvoir l'aimer comme elle l'espérait, l'attendait depuis onze mois. Elle avait dû faire front, comme toujours, avec toute sa volonté et son courage, toutes ses armes et cet amour qui la poussaient à secourir le pauvre homme démoralisé, cassé, qu'il était devenu ; un homme brisé par la guerre et qui, lui aussi, ne devait qu'à sa seule volonté de ne pas se mettre à sangloter, comme un enfant perdu.

Plus tard, après le retour au front de Jean et d'Édouard, elle avait été étonnée d'apprendre, à demi-mots mais sourires éloquents, que Francette avait elle aussi retrouvé son homme en très piteux état mais qu'elle n'avait pas osé faire preuve d'initiative.

— Le premier soir, j'ai eu peur, si, si, j'ai cru qu'il ne pourrait plus jamais ! Heureusement, les soirs d'après, une fois bien reposé, crois-moi, il s'est rattrapé, avait-elle dit avec nostalgie. J'ai même craint qu'il me fasse un petit de plus ! Par chance, depuis qu'il a son fils il est devenu sérieux, enfin, façon de parler !

Il était vrai que Jean aussi s'était révélé comme un insatiable et très audacieux amant, mais aussi comme un homme perdu, qui sent sa noyade proche et qui s'accroche de toutes ses forces à cette douceur qui est là, à ses côtés, à ce corps qui se donne avec bonheur et qui, peut-être, le sauvera du néant.

« Mais je n'allais pas raconter tout ça à cette pauvre Francette, ça ne regardait que Jean et moi », songea-t-elle en s'efforçant de pousser ses souvenirs vers d'autres directions car même Francette, son amie, pouvait elle aussi devenir source de chagrin.

« À propos d'amour, mieux vaut penser aux balivernes que nous avait sorties ce pauvre abbé Martin, peu avant la permission de Jean », se souvint-elle. Et, à cette évocation, elle se surprit presque à sourire.

Depuis octobre 1914 et pour remplacer le curé Fraysse, la paroisse était tenue par un vieil ecclésiastique, l'abbé Martin ; un honnête et brave homme au demeurant, dont le seul handicap, outre son grand âge et une surdité avancée, était de n'avoir jamais eu d'autres ouailles que des citadins. Des Brivistes du centre-ville, beaucoup plus bourgeois qu'ouvriers et dont les épouses, ses dévotes et fidèles paroissiennes, étaient aux petits soins pour lui, très attentives à ses bons conseils et à ses prêches toujours édifiants.

Aussi, dès son arrivée à Coste-Blanc, avait-il eu quelque difficulté à admettre que beaucoup de femmes de la commune, surchargées de travail comme elles l'étaient en l'absence des hommes, ne pouvaient assister à la messe du dimanche avec autant d'assiduité qu'il le souhaitait.

Mais, en ce dimanche 13 juin, sans doute parce qu'il pleuvait depuis plusieurs jours et qu'il était donc impossible d'aller faucher, de nombreuses femmes de tous âges se pressaient à la messe de dix heures.

Un peu perdue dans des pensées très terre à terre qui n'avaient rien à voir avec le prône que venait de commencer l'abbé, Marthe avait mis quelques secondes avant de se rendre compte que le prêtre parlait des femmes, et principalement des épouses.

Sans doute très gêné d'avoir à aborder un sujet aussi scabreux - mais, à l'entendre, toutes les églises de France devaient résonner des mêmes recommandations car elles émanaient de la plus haute hiérarchie –, le pauvre homme s'était fourvoyé dans des circonlocutions tellement alambiquées et absconses qu'il avait vite compris que son auditoire ne comprenait goutte à ses propos. Alors, presque rougissant mais désireux d'aller jusqu'au bout de son exhortation, il avait fini par lâcher :

— Mesdames, vous le savez, la France souffre beaucoup. Des hommes tombent tous les jours ; des centaines de milliers manquent déjà à l'appel. Il vous est donc un devoir, un devoir patriotique et de chrétiennes, de les remplacer en faisant autant d'enfants, de petits Français, qu'il est possible. Amen !

Marthe avait jugé ces propos pour le moins étranges, car autour d'elle se trouvaient surtout des femmes d'âge canonique, comme sa belle-mère, ou des plus jeunes, comme elle et sa voisine Francette. Mais celles-là étaient soit veuves de guerre - et il y en avait déjà dix dans la commune - soit privées de leur conjoint retenu au front.

C'était d'ailleurs ce qu'avait dû aussi déduire Francette qui, au bord du fou rire, lui avait chuchoté :

— Et avec qui il veut qu'on les fasse, ces gamins, pas avec lui quand même ? Tu me diras, s'il obtient une permission pour Édouard, parole, je suis prête à me mettre au lit et à y rester le temps qu'il faudra !

Et Marthe avait failli pouffer.

« C'est bien loin, tout ça, pensa-t-elle en tendant une fois de plus son tricot à bout de bras pour en jauger l'avance. Ce pauvre curé Martin, ce n'est pas un méchant homme, mais enfin, on se demande parfois de quoi il se mêle ! Car en plus de vouloir nous faire faire des petits, il voulait aussi, quelques mois après, qu'on souscrive toutes à l'emprunt de la Victoire !

Avec le maire et le notaire, c'était à croire qu'ils travaillaient pour les banques ! Parce que, à les entendre, ces beaux parleurs, il paraît que c'est mon devoir de bonne Française de donner notre or ! D'abord, il faudrait en avoir beaucoup plus pour ça, et même si c'était le cas, ce n'est pas moi qui irais changer nos louis contre des billets ; même avec leur promesse d'un rapport de 5 % net d'impôts ! L'or, c'est l'or, et le papier c'est rien ! »

Elle se souvenait très bien de la visite que lui avait faite l'abbé Martin, un an plus tôt, au moment du premier emprunt de guerre. Par malchance pour lui, il était passé aux Combettes deux jours après que le maire et le notaire, rencontrés ensemble à Coste-Blanc, avaient déjà tenté de la convaincre de souscrire.

— C'est ton devoir de citoyenne ! avait dit Victor Delbos.

— Monsieur le maire a raison, avait renchéri Me Breuillé, tout le monde doit mettre la main à la poche ; c'est grâce à cela que nous aurons une proche et belle victoire !

— C'est votre devoir de bonne chrétienne, avait essayé l'abbé Martin.

Les deux premiers s'étaient vertement fait remettre à leur place.

— Alors comme ça, en plus d'être privée de mon mari, il faudrait aussi que je donne les quelques sous que j'ai et qui sont autant à lui qu'à moi ! Jean, lui, il paie de sa peau, tous les jours et ça suffit ! Alors pas la peine de me parler de devoir ; Jean, à lui tout seul, le fait pour toute la famille !

Le troisième n'avait pas été mieux reçu.

— Dites, monsieur le curé, non seulement vous voulez me faire faire des bébés alors que mon homme est au front, mais il faudrait en plus qu'on perde le peu qu'on a ? Donnez vos sous, vous, si vous en avez ! Et plutôt que de venir me faire la leçon, allez la faire à votre évêque. Je suis sûre qu'il a plus de louis que je n'en aurai jamais, même si je travaillais deux cents ans !

« Pauvre curé, songea-t-elle, depuis, il n'a plus jamais osé revenir aux Combettes ! Mais quand même, passe encore pour les emprunts de guerre, mais vouloir nous faire faire des enfants ! Ah ouiche ! L'amour, tant qu'il voudra, avec Jean et aussi souvent que possible, mais pas d'autres petits que Louise et Albert, jamais !

« D'ailleurs, même si Jean avait voulu leur donner un frère ou une sœur pendant ses permissions, c'est moi qui aurais refusé. Et que Dieu me juge s'il veut, mais que ni Lui ni personne ne compte sur moi pour mettre au monde un petit qui se fera tuer à la guerre dans trente ou quarante ans, et même peut-être avant, les hommes sont tellement fous ! Et si c'était une fille, je ne veux pas que, chaque soir, elle retarde l'heure de se mettre au lit parce que celui-ci est vide de son homme ! Je ne veux pas qu'elle se rende malade à attendre des nouvelles qui, peut-être, ne viendront plus jamais ! Je ne veux pas qu'elle tremble à chaque instant dans la crainte de la visite du maire. De ce pauvre vieil homme qu'elle voit à peine tant son regard est horrifié en découvrant le télégramme qu'il tient à la main et qu'il n'a même pas besoin de lui donner pour qu'elle sache...

« Je ne veux pas qu'elle soit veuve à l'âge que j'ai aujourd'hui ! Je ne veux pas qu'elle ait à mentir à ses enfants, comme je le fais avec Louise et Albert, en leur disant chaque jour que leur père va rentrer bientôt, que la guerre est presque finie, que tout va très bien et que toutes les femmes qu'ils voient maintenant en noir, au village ou ailleurs, le sont par coquetterie et pour être à la mode de Paris !

« Bien sûr, ils ne me croient pas, surtout Louise. Elle est maintenant trop grande pour ne pas tout comprendre et pour gober ce que je leur dis pour les rassurer, pour me rassurer. Même Albert fait semblant de me croire, pour me faire plaisir ; oui, tous les deux font semblant.

« Parce que, quoi que je fasse pour faire bonne figure, ils savent que je tremble de peur. Ça voit tout, les enfants de guerre, ça devine tout, ça devient vieux avant l'âge. Ils ne sont dupes de rien, même si je fais tout pour leur faire croire que tout va bien.

« Mais j'ai tout de suite remarqué, lors de la première permission de Jean, qu'ils ne l'avaient pas reconnu, qu'ils en avaient presque peur. J'ai vu, et Jean aussi, qu'ils n'osaient sauter au cou de cet étranger qu'il était devenu. Car ce n'était pas de ce père qu'ils gardaient souvenir, ce n'était pas lui qu'ils attendaient et qu'ils ne retrouveront plus.

« Et je maudis tous ceux qui, depuis vingt-sept mois et demi, les privent de leur père et les rendent aussi durs et beaucoup trop sérieux et vigilants pour leur âge. Rien ne leur échappe maintenant, ils comprennent tout ! Ils ont bien vu à quel point j'étais heureuse lors de la dernière permission de Jean, celle d'août, déjà plus de quatre mois ! Et ils s'aperçoivent aussi que, depuis, chaque jour m'est un calvaire. La preuve, à cette heure, je devrais dormir depuis longtemps ; pourtant je suis là à attendre que la fatigue me terrasse et me fasse oublier, pendant une poignée d'heures, qu'il y a huit cent soixante et onze jours que Jean est parti et que j'en deviens folle. »

« Folle, oui ! Et comment en serait-il autrement puisque tout s'en mêle, tout s'accélère pour me pousser à bout. D'abord, la dernière lettre de Jean me prévenant qu'il ne sera pas là pour Noël. Ça aurait été trop beau ! Oh, vu les circonstances, on n'aurait pu dire à personne de venir pour la veillée. Qui inviter d'ailleurs ? Juste des femmes aussi rongées de peur que moi, ou pire, perdues de douleur parce que veuves ! Mais quand même, les enfants et moi, on se faisait une telle joie à l'idée de le revoir. Il aurait dû arriver après-demain ; au lieu de ça, il est je ne sais où et je ne sais quand on le reverra.

« Et encore, pourvu que les autres, tous ces généraux dont parle le journal, n'aient pas, une nouvelle fois, l'idée de ne donner qu'une permission par an ! Ils en sont bien capables ! La preuve, ils parlent maintenant d'appeler bientôt la classe 19, d'envoyer au front des jeunes qui auront tout juste dix-sept ans.

« Ils sont capables de tout ! Même de nous remettre les réquisitions sur les bêtes, comme il y a deux ans. Le maire a beau dire que c'est un... comment il appelle ça, déjà ? Ah oui, un canard, une fausse nouvelle quoi, un mensonge lancé par on ne sait qui pour décourager les civils, comme si on avait besoin de ça ! Et puis qu'est-ce qu'il en sait, ce pauvre homme ? Pas plus que nous ! Moi, ce que j'ai entendu, l'autre mardi, au marché à Brive, c'est qu'il y avait déjà des margoulins qui passaient de ferme en ferme pour nous voler nos vaches, comme en novembre 1914, et à l'époque ce n'était pas une blague. Ah, les voyous ! se souvint-elle en serrant les dents de colère.

« Mais sûr, s'ils reviennent, cette fois je les tue ! Et tant pis si on me guillotine pour ça ! J'aurai au moins débarrassé la terre de ces escrocs, ces profiteurs, ces voleurs ; ces embusqués qui s'engraissent pendant que Jean et tous les autres risquent leur vie pour rien ! Sûr, s'ils osent revenir, je les tue ! Je le leur ai promis et je tiendrai parole. »

Et de revivre cette scène la fit frissonner.

Il était encore très tôt lorsqu'ils étaient arrivés, en ce matin de novembre 1914. Le jour pointait à peine et Marthe, déjà au travail dans l'étable, était en train d'affourager les bêtes pendant qu'Octavine nourrissait la truie et les brebis.

Ils avaient arrêté leur tilbury au centre de la cour, au pied du gros tilleul. Puis, après avoir mis une musette d'avoine sous le nez du cheval - un magnifique et solide bai -, ils étaient venus droit à l'étable, attirés par la faible lueur de la lampe à pétrole.

Marthe, qui avait tout de suite compris, les revoyait encore entrant dans le bâtiment comme en terrain conquis : deux hommes. Un petit, maigre comme un pivert, mal bâti, pâle, avec une tête de musaraigne et dont les yeux, sans cesse en mouvement, estimaient déjà les quatre vaches ; et un autre, plus grand et bien fait, dont l'arête du nez était affublée d'une paire de lorgnons aux verres épais comme des culs de bouteille.

Aucun n'avait plus de quarante ans et elle s'était étonnée qu'ils ne fussent point sous les drapeaux. Puis elle avait remarqué que la main gauche du plus grand, sans doute suite à quelque maladie d'enfance, était recroquevillée sur elle-même comme les serres d'une buse sur un lapereau ; quant à l'autre, le petit, il claudiquait un peu.

— Vous êtes bien madame Laval, Jean Laval, de la ferme des Combettes ? avait demandé le plus grand en compulsant les papiers qu'il venait de sortir de sa serviette.

— Oui.

— On vient pour les réquisitions. Vous êtes au courant ?

— Oui, le maire m'a prévenue.

— Très bien, alors on va s'entendre, avait dit le petit en boitillant derrière les bêtes mais en restant à prudente distance de la litière pour ne pas salir ses belles bottes de cuir blond.

Puis, après avoir lancé un discret coup d'œil à son compagnon, il avait décidé tout en désignant la Gaillarde et la Mignonne :

— Celle-là et celle-là...

C'étaient les deux limousines, deux fortes et solides bêtes, bien dressées pour le joug, donc indispensables ; sans elles, il devenait impossible de travailler les terres.

— Vous êtes fous ! avait grondé Marthe en s'interposant aussitôt entre les vaches et le petit mercanti et en relevant sa fourche.

Il avait déjà sorti ses ciseaux pour marquer les bêtes mais vite reculé devant les dents acérées et luisantes de l'outil.

— Nous avons la loi pour nous et vous nous menacez ? Ça va vous coûter cher ! avait crié le grand aux lorgnons en agitant ses papiers.

— Vous dites la loi ? Tout ce que je sais d'elle, c'est qu'elle m'a privée de mon mari depuis plus de trois mois ! Et que vous êtes là en train de me faire des misères au lieu d'être à la guerre ! Et ne me dites pas que vous êtes réformés pour de bons motifs ! Il y a des estropiés, des bancroches et des bigleux comme vous qui sont au front ! Mais eux, sans doute qu'ils n'ont pas de bonnes relations avec quelque député ou sénateur ; ils n'ont sûrement pas pu les payer assez !

— Je ne vous permets pas ! Nous servons la patrie autant que d'autres et du mieux que nous le pouvons ! Oui, madame ! Nous avons ordre de fournir des bêtes pour l'armée, pour l'intendance ; il faut bien nourrir les soldats, non ? Et avec de la bonne viande !

— De la bonne viande ? Pour l'armée ? Mon mari ne m'a jamais dit ça dans ses lettres, tout ce qu'on lui donne, c'est du singe ! Et lui, il me demande toujours de quoi se nourrir un peu moins mal, voilà la vérité !

— Ce n'est pas notre affaire ! Nous, on ne partira pas d'ici sans avoir fait ce que nous devons, avait prévenu le grand. Et au lieu de brandir votre outil, vous feriez mieux de nous remercier : grâce à nous les soldats mangent bien !

— C'est à coups de fourche que je vais vous dire merci ! Je dois vous céder une bête, pas deux, et ce sera celle-là, avait lancé Marthe en désignant la Violette.

C'était une salers de plus de quinze ans, l'âge de la réforme, et qu'elle devait de toute façon vendre. Alors, à l'intendance ou à d'autres...

— Cette carne ? Même pas bonne pour le saucisson ! Vrai, vous n'aimez pas beaucoup nos soldats ! avait ricané le petit. Non, non, on nous a dit de trouver de bonnes bêtes, on les trouvera, et ces deux-là nous vont très bien.

— Je vous embroche si vous y touchez !

— Allez, on vous les prend pour..., dit le petit sans tenir compte de la menace, tenez, on va vous faire une gentillesse... Sept cents, et c'est bien parce que c'est l'armée qui paie et que vous êtes bien mignonne... Sept cents pour les deux, bien sûr, parce qu'elles sont loin d'être grasses. Allez, écartez-vous, que je les marque.

« Les voyous, les escrocs ! pensa Marthe en s'apercevant que tout à sa colère rétrospective elle venait d'échapper une maille. Elle la reprit sans pour autant se calmer, presque aussi déchaînée que deux ans plus tôt !

« Ils m'auraient volé nos deux vaches si je m'étais laissé faire ! Et, en plus, ils ne payaient même pas à moitié prix ! Ah, les goujats ! Sûr qu'ils ont fait fortune partout où les femmes n'ont pas osé se défendre ! Parce que c'étaient des escrocs ! Bien sûr qu'ils travaillaient aussi pour l'intendance, mais ils en profitaient surtout pour rafler tout ce qu'ils pouvaient pour leur compte. Et toujours en agitant les papiers officiels pour faire croire que tout était en règle. J'aurais dû les embrocher, ces profiteurs ! Mais sûr que s'ils osent revenir, eux ou d'autres, ils auront droit aux coups de fusil ! »

— Allez, maintenant, assez perdu de temps, avait décidé le grand à lorgnons. Tenez, on vous donne sept cent vingt-cinq francs, et c'est bien payé. Marque-moi ces deux bêtes, Charles, et partons, on a d'autres fermes à voir.

— Si vous approchez de ces vaches, je vous

perce, avait-elle prévenu en levant un peu plus sa fourche.

— Vous nous menacez encore ? Dans ce cas, on va revenir avec les gendarmes et on verra qui gagnera !

— C'est tout vu ! Quant aux gendarmes, ces guignols comme les appelle mon mari, ils sont aussi embusqués que vous ; ils devraient tous être au front ! Et ils ne me font pas plus peur que vous !

— Bon, bon, je note aussi que vous insultez la loi. Mais je vous préviens ; non seulement vous nous céderez ces deux mauvaises bêtes, au prix que nous déciderons, mais en plus vous aurez une forte amende pour avoir osé lever votre fourche contre nous. Allez, Charles, écarte cette mégère et marque ces deux carnes !

— Que se passe-t-il ici ? avait alors lancé Octavine en entrant dans l'étable car, intriguée par les éclats de voix, elle venait voir ce qui les motivait.

— Ce qui se passe ? Ces deux voyous veulent nous voler la Gaillarde et la Mignonne ! Pour l'intendance, qu'ils disent ! avait expliqué Marthe, sans pour autant baisser sa fourche.

— Nos bêtes de travail ? Ah ça ! Il ferait beau voir ! s'était exclamée Octavine en empoignant la deuxième fourche et en commençant à refaire la litière.

Puis, sans prévenir, elle avait levé une grosse fourchée, lourde de bouses fumantes, et l'avait lancée sur les belles bottes du petit homme à tête de musaraigne. Et rien que pour ce geste, Marthe lui avait beaucoup pardonné pour toutes ses précédentes méchancetés.

— Vous pourriez faire attention, non ? avait beuglé le mercanti en reculant jusqu'à la porte, prudemment imité par son collègue.

— On a du travail, nous, c'est pas comme vous, avait jeté Octavine en continuant son nettoyage. Allez, restez pas là, vous allez encore vous saloper et vous viendrez vous plaindre !

— Ça aussi ça sera rapporté à qui de droit, avait menacé le grand en agitant devant lui sa main atrophiée. Mais on ne partira pas sans rien !

— Je sais. Ce sera celle-là et pas une autre, avait dit Marthe en désignant la Violette. Mais décidez-vous vite, parce que si vous ne la marquez pas aujourd'hui, elle ne sera plus là dans huit jours. Il y a foire à Turenne samedi et je dois la vendre de toute façon, à vous ou à un autre ; alors ?

— Marque-la, Charles, avait ordonné le plus grand, mais vous entendrez parler de nous. Vous regretterez vos menaces !

— Et à combien vous me la prenez ?

— Vous vous débrouillerez avec le sous-officier de l'intendance quand il viendra la chercher avec ses hommes. Mais avant, je lui rendrai compte de tout et surtout de cette façon dont vous nous avez agressés. Vous n'allez pas rire, croyez-moi !

— Vous non plus ! Parce que moi, dès ce matin, je vais aller prévenir le maire qu'une paire de margoulins est dans le pays ; et que vous avez tenté d'acheter mes bêtes à bas prix et pour votre compte en profitant de vos papiers officiels pour essayer de me faire céder. Et tout le pays sera au courant dès ce soir !

— On verra bien qui aura le dernier mot !

— C'est ça ! Mais écoutez bien ceci, et ce n'est pas une menace mais un avertissement. Si je vous revois un jour sur nos terres, c'est avec le Saint-Étienne de mon mari que je vous en sortirai. Je sais comment il se charge ; je l'aide toujours quand il fait ses cartouches, c'est moi qui pèse la poudre et qui dose les plombs...

— Et moi aussi je l'aide, et je sais que pour les renards il faut du numéro 2. Ça a la peau dure, ces charognes ! avait ajouté Octavine décidément en verve.

« Oui, ce jour-là et pour une fois, elle m'a bien aidée, pensa Marthe. La preuve, j'étais prête à la remercier. Dommage qu'elle ait cru bon d'ajouter, quand les deux mercantis ont eu quitté l'étable :

« — Il ne faut pas vous laisser faire comme ça, ma pauvre petite ! Si je n'avais pas été là, ils nous embarquaient nos quatre vaches !

« À l'entendre, c'était elle, toute seule, qui les avait mis dehors ! Enfin, ils ne sont pas revenus, pas encore... »

Mercredi 20 décembre 1916

Tranchée des Revenants. 23 heures 35

« Les permissions, c'est bien quand on les a, mais dans le fond, c'est surtout un vrai crève-cœur, pensa Jean en essayant de sortir ses souliers de la boue qui les enserrait. Non, c'est pas humain de nous expédier chez nous pour si peu de temps. À peine arrivé et décrassé, il faut repartir et c'est l'horreur pour tout le monde.

« Et c'est chaque fois pareil. À croire que les salauds qui nous commandent le font exprès, qu'ils ne nous donnent qu'une poignée de jours et pas plus, parce qu'ils se méfient. Oui, peut-être bien qu'on s'habituerait trop vite à la vie civile et qu'on ne reviendrait pas ; qu'on irait se cacher au fin fond des bois où on attendrait que la guerre soit finie !

« Moi, je connais quelques coins dans la forêt de Turenne ou de Couzage où les pandores, ces feignants de guignols, ces bons à rien, ne seraient pas près de me retrouver ! Parce que c'est vrai, avec les permes, c'est toujours la même chose, toujours. On les attend pendant des mois, on compte les semaines et les jours qui en séparent, on y rêve, on calcule tout ce qu'on fera pendant le trop peu de temps qu'elles dureront. Et on fait tout plein de projets.

« Mais, dès qu'on est chez soi, qu'on a retrouvé tous les siens, qu'on profite de tout, il est temps de remettre l'uniforme et d'aller reprendre le train pour monter au casse-pipe. Et tout le monde crève de tristesse et ce n'est pas bon pour le moral. Parce que, même de se remettre au travail, de reprendre la fourche, la faux ou la charrue, ça rappelle toujours le bon temps, celui de la paix, quand on vivait tranquilles et qu'aucun de ces foutus galonnés n'était là pour venir nous commander de monter à l'assaut ; d'aller nous faire estropier, ou tuer, pour conquérir, à vingt mètres de là, une tranchée encore plus boueuse et sale que celle qu'on vient de quitter, et pleine de cadavres en plus ! Et si on proteste un peu - oh ! à peine et pas très fort, parce qu'alors c'est le tribunal militaire - il y a toujours un de ces foutus sous-officiers pour nous rappeler qu'on ne doit pas se plaindre parce qu'on touche vingt-cinq centimes par jour !

« — Râlez pas ! qu'ils disent tous, en temps de paix c'était un centime !

« Ah ! les salauds ! Ça leur va bien de parler de ça, surtout quand on sait que le plus bête des sergents gagne presque dix fois plus que nous ! Alors qu'est-ce que ça doit être pour les officiers ! Nous, c'est pas compliqué, il nous faut quasiment deux jours de solde pour acheter un paquet de tabac ; à ce tarif, il ne faut pas trop fumer ! Et vu ce que demandent les escrocs de l'arrière, les profiteurs de guerre, on doit trimer plus d'une semaine pour se payer un litre de mauvais rouge ; un pinard sûrement coupé, ou encore un jus de moût refermenté avec de l'eau, un peu de sucre et de la levure ! Alors, vingt-cinq centimes par jour, c'est pas cher payé pour aller se faire trouer la peau et n'avoir pour récompense que huit jours de perme quand il leur tombe un œil, à ces planqués de l'état-major !

« Oui, ces permes beaucoup trop courtes, sûr que c'est calculé pour mieux nous tenir et nous empêcher de déserter. C'est infamant, tout ça ! En plus, chaque fois qu'on revient et qu'on n'en peut déjà plus de cafard et qu'on aurait bien besoin de retrouver les amis, il en manque toujours à l'appel, toujours...

« À ma première permission, alors que ce pauvre Édouard et moi étions déjà dans le noir en nous souvenant de tout ce que nous venions de laisser là-bas, c'est Octave Deplat, le forgeron de Cressensac qui nous a appris qu'Edmond, notre vieux copain curé, s'était fait tuer la veille. Un des salauds d'en face avait eu sa peau alors qu'il regagnait son poste à l'infirmerie. Il n'avait pas assez baissé la tête à un mauvais passage et une de ces pourritures de tireur d'élite nous l'a expédié chez son bon Dieu avec une balle dans la tête. Faut croire que Celui-là non plus n'aime pas ses troupes ! Il doit être comme nos putains de galonnés ; Il s'en fout de ses curés, comme les généraux de nous ! La preuve, leur tonsure ne

Lui suffit pas, Il veut en plus qu'il y ait un trou dedans !

« Il était pourtant pas méchant, notre ami Edmond. Et lui au moins, il était là pour essayer de sauver les gens, pas pour les tuer ! Ah oui, belle récompense ! Au lieu d'être infirmier, il aurait mieux fait d'être artilleur pour en flinguer le plus possible, des fumiers d'en face ; comme ça au moins il ne serait pas parti tout seul !

« Quand je suis rentré de ma seconde perme, en novembre de l'an passé, ça a été pour apprendre que ce pauvre bougre de Séraphin Bordare, de chez nous, de Coste-Blanc, venait de laisser sa peau sous près de dix mètres cubes de gadoue. Les copains et lui étaient du côté de Capelle-Fermont, en Artois. Là-bas comme partout, il pleuvait depuis des semaines. Tout s'effondrait, coulait comme de la bouse au printemps, quand on remet les vaches à l'herbe. Séraphin et les autres essayaient de remettre les tranchées en état - elles étaient pleines de boue -, d'y installer des caillebotis, des fagots, de refaire les banquettes de tir. Tout un pan s'est écroulé d'un coup sur Séraphin, le temps de déblayer pour le sortir de là, il était mort...

« En août dernier, quand j'ai retrouvé les copains, à Poissy, ça a été pour apprendre que le caporal Chavat, d'Égletons, un brave bougre pas méchant, avait quasiment été volatilisé par un *minenwerfer*, cette saloperie de près de cent kilos d'explosif. Quant à ce pauvre Deplat, le forgeron de Cressensac, il ne valait guère mieux avec son bras coupé quasiment à l'épaule. Comment il fera maintenant pour manier la masse à frapper devant ou pour actionner son soufflet d'une main tout en tenant sa pièce au feu de l'autre ? Fini la forge pour lui !

« D'un autre côté, même abîmé comme il l'est, il a quand même sauvé sa peau, maintenant il est à l'abri, c'est déjà ça ! Tout compte fait, c'est peut-être bien lui qui a de la chance. À cette heure, il doit être tranquille, chez lui ; après un bon chabrol et un bon dîner, il s'est glissé au lit. Maintenant, il est bien au chaud et au sec sous son édredon. Et son bras en moins ne l'empêche pas de caresser sa femme, et même plus s'il en a envie. D'accord, c'est le bras droit qu'il a laissé au bois d'Haudremont, pas loin de ce coin pourri de Douaumont, mais il lui reste toujours le gauche, et la vie... Et après s'être occupé de sa femme, il peut dormir lui, dormir ! Le veinard, c'est pas comme moi, se dit Jean en se secouant vivement car il venait de s'apercevoir que ses paupières s'abaissaient de plus en plus, tandis que sa tête penchait lentement vers l'avant.

« Il faut pourtant que je tienne encore un peu le coup, mais à quand la relève ? Bon Dieu que c'est long, deux heures ! Et si encore je pouvais savoir l'heure ! » pensa-t-il en touchant dans sa poche l'oignon que sa mère lui avait offert pour sa première communion, en juin 1894.

Mais sa montre ne pouvait lui être d'aucun secours car nulle parcelle de sel de radium n'avait jamais imprégné son cadran pour le rendre lumineux.

« Peut-être que le gamin d'à côté a un bracelet-montre moderne, qui donne l'heure même la nuit. Je vais aller le voir, ça me réveillera », se dit-il en progressant dans la boue.

« Mais bon Dieu ! Où est-il ce gosse ? » se demanda Jean après avoir parcouru les quelque vingt-cinq mètres qui le séparaient de Louis Vergne. Puis il découvrit l'espèce de bauge dans laquelle le jeune s'était recroquevillé.

« Ma parole, il roupille, ce salaud ! » comprit-il en entendant le souffle profond et régulier qui émanait du trou boueux.

Il retint son premier réflexe qui le poussait à expédier un grand coup de pied dans les côtes du dormeur, histoire de lui rappeler qu'une sentinelle était là pour veiller, pas pour rêver. Puis il se souvint à quel point lui aussi luttait contre le sommeil depuis presque deux heures et eut pitié.

« D'ailleurs, si les autres pourris d'en face avaient tenté un sale coup, moi je les aurais vus. Bon sang, c'est pas croyable à quel point il dort ! C'est vrai qu'à cet âge on roupille n'importe où, la preuve. Mais il faut quand même que je le réveille ; si la relève le trouve dans cet état, ça va barder », pensa-t-il en lui posant doucement la main sur l'épaule.

Surpris, Louis Vergne sursauta et brandit son Lebel jusque-là plaqué contre lui.

— C'est quoi ? balbutia-t-il d'une voix beaucoup trop forte.

— Ta gueule ! chuchota Jean. Allez, lève-toi ! Dis, tu sais ce que tu risques à roupiller pendant ton tour de garde ? Tu le sais ?

— Ouais, ouais, mais c'est ton tord-boyaux, derrière le pinard, qui m'a assommé ; et en plus j'ai tellement sommeil, s'excusa le jeune en bâillant.

« Et moi donc », pensa Jean qui insista :

— Tu sais ce que tu risques ?

— Mais oui ! Ce connard de sergent Flécalni nous le serine tous les jours, ou presque !

— Parle plus bas ! D'accord, comme tu dis, Flécalni est un connard, mais il n'est pas trop méchant, lui ; s'il te surprend, il te collera juste un ou deux tours de garde supplémentaires, mais il oubliera le règlement. Tu le connais au moins, le règlement ?

— Ouais... Sommeil d'un factionnaire en présence de l'ennemi, deux à cinq ans de travaux publics, article 212..., récita Louis Vergne.

— Exactement. Et là, tu t'en sortais plutôt bien. Mais si l'adjudant-chef Velliroux avait été à ma place, tu étais bon ! Lui, il te coinçait carrément pour abandon de poste devant l'ennemi, avec l'article 213 : la mort... Parce que lui, c'est une vraie pourriture !

— Ben oui, la mort... Et alors ? Là au moins je dormirai et je n'aurai plus peur, murmura le jeune en s'adossant à la paroi de glaise ruisselante, car déjà le sommeil le reprenait.

— Réveille-toi, bordel ! gronda Jean en le secouant, parce que même si aucun de ces fumiers de sous-off ne vient te coller un motif, il suffit qu'un boche arrive à se glisser jusqu'à toi et tu ne t'apercevras même pas qu'il t'égorge !

— Tu m'as dit qu'ils ne pouvaient pas venir, faudrait s'entendre !

— Bon, d'accord, ils ne peuvent pas. Mais réveille-toi quand même, nom de Dieu ! Tiens, prends un coup de gnôle, insista Jean en lui tendant sa gourde. Bois et remue-toi !

— J'en ai marre de me remuer, je veux juste dormir, dormir, balbutia le garçon en portant la gourde à ses lèvres.

Il but longuement, éructa sans discrétion et rendit le bidon.

— Je crois bien que je te l'ai presque finie, ta saloperie, s'excusa-t-il.

— Pas grave. Mais je t'ai déjà dit de ne pas gueuler si fort ! Bon, moi je suis juste venu pour savoir l'heure.

— Comment veux-tu que je le sache, j'ai pas de montre.

— Ah ? j'avais pensé..., murmura Jean.

Puis il constata que son voisin tentait de se reglisser dans la niche boueuse d'où il venait de le sortir.

— Te remets pas là-dedans ou tu vas t'endormir ! dit-il en le secouant vivement.

— Ben, au moins, quand je dors, j'ai pas la trouille, cette saloperie qui me tord les tripes.

— Faut pas dormir, je te dis ! Allez, on ne doit pas en avoir pour plus d'une demi-heure, tiens, marche un peu avec moi.

— Dans cette merde ? Merci bien, j'en ai déjà jusqu'aux genoux !

— Marche un peu, je te dis ! Ça te réveillera !

Ils firent quelques pas sous la pluie puis revinrent jusqu'au très précaire abri que faisaient les fascines qui retenaient le haut de la tranchée.

— Tu m'as dit que tu étais d'où ? demanda Jean, conscient qu'il devait à tout prix empêcher son voisin de s'endormir.

Car ce qu'il lui avait rappelé du règlement était exact. Vrai aussi que l'adjudant-chef Velliroux était un salaud tout à fait capable de traîner un de ses hommes devant le falot.

Jean n'oubliait pas que le Velliroux en question n'était que sergent en 14. Depuis, grâce à quelques coups d'éclat de sa section, dont il avait su tirer parti, il était monté en grade. Tous ses hommes le tenaient pour une ordure et certains caressaient même l'idée de lui expédier discrètement une balle dans le dos lors de quelque engagement à venir... Mais, en attendant, tous savaient qu'il rêvait maintenant de sortir du rang, donc de passer sous-lieutenant. Et il était capable de tout pour se faire bien voir de ses supérieurs, de tout, y compris de coller l'article 213 sur les épaules d'un gamin de la classe 18 !

« Non, il ne faut pas qu'il soit endormi dans ce trou quand les copains vont arriver. Ils ne vont pas le trouver tout de suite et ça va mettre la pagaille ; et puis, même pour moi, ça me réveille aussi de devoir lui parler. »

— Tu es d'où ? lui redemanda-t-il.

— De Saint-Libéral, je t'ai dit !

— Ah oui, c'est vrai. Et tu as une ferme. Et vous y faites quoi sur vos terres ?

— Ben de tout ! Des primeurs, des fruitiers, noyers, pruniers ; du tabac aussi, bon Dieu, je fumerais bien une pipe !

— Moi aussi, mais on ne peut pas, on se rattrapera tout à l'heure, bientôt. Et tu as une bonne amie, là-bas ?

— Bof... Parle plutôt d'autre chose. Mais dis, tu es en train de me faire causer pour que je ne m'endorme pas, hein ?

— Oui.

— Alors ça va, te fatigue pas. J'ai toujours peur, mais j'ai plus sommeil du tout !

— Tu n'as pas de bonne amie ? insista Jean.

— J'avais... Mais elle ne m'a pas écrit depuis quatre mois, elle doit se coucher tous les soirs sous un planqué, alors rien que d'y penser, ça me coupe le sommeil, voilà.

— Il faut te chercher une marraine de guerre !

— J'en ai une ! Elle m'expédie des colis et elle m'écrit souvent. Elle est de Bourganeuf, je ne sais pas trop où c'est, mais ça ne fait rien. Oui, elle est gentille et j'aurais bien été la voir en perme, mais...

— Mais quoi ?

— Elle n'aurait pas dû m'envoyer sa photo. C'est pas qu'elle soit vilaine, non, non, mais c'est une vieille ! Elle a au moins je ne sais pas, moi, mais peut-être pas loin de trente-cinq ans, alors...

— Je vois, murmura Jean qui en voulut soudain à ce gamin, non parce qu'il jugeait vieille une femme de trente-cinq ans, mais parce que sa réflexion venait de ranimer en lui l'image de Marthe, rayonnante, épanouie.

— Bon, coupa-t-il, si tu promets de ne pas dormir, je rejoins mon trou ; allez, on n'en a plus pour longtemps. À tout de suite !

— Dis, juste une question, chuchota le jeune ; et toi, tu as une marraine de guerre ?

— Non, j'ai ma femme, ça me suffit. Pour toi, c'est une vieille, elle pourrait être ta mère ! Elle a trente-quatre ans, mais pour moi, elle est jeune encore, et belle ! Et, tu vois, pour moi aussi, d'y penser me coupe le sommeil, mais pas pour la même raison !

« Vieille, Marthe, parce qu'elle a trente-quatre ans ? Allons donc, se dit Jean après avoir rejoint son poste. Non, elle n'est pas vieille, pas du tout ! C'est vrai, la guerre et tout le travail qu'elle a ne l'ont pas rajeunie, et mon absence non plus, ça, c'est certain. D'ailleurs, pendant mes permes, je l'ai bien vu qu'elle était fatiguée. Elle aussi a maintenant des cheveux blancs, moins que moi, mais quand même. Comme elle m'a dit : "J'en ai déjà beaucoup trop pour te les cacher en me les arrachant !"

« C'est vrai, mais ce n'est pas grave. Elle a aussi tout plein de petites rides qui lui labourent la figure. Là, autour des yeux, comme des sillons. Sur le front aussi et autour de la bouche, des marques qui se creusent.

Mais quand même, ce n'est pas pour ça qu'elle est vieille ! Oui, elle m'a dit aussi, pendant ma dernière perme, au mois d'août, que si j'avais été là plus souvent et si elle ne savait pas que je suis prudent, elle aurait pu croire qu'elle attendait un petit. Parce qu'elle se fait tellement de soucis, la pauvre, pour moi, pour les enfants, pour maman qui ne va pas fort, pour la ferme, pour tout, qu'elle m'a expliqué que, parfois, ses affaires ne reviennent pas tous les mois, comme dans le temps. Mais ça, c'est parce qu'elle se fatigue trop, qu'elle a trop de travail et de chagrin, c'est pas parce qu'elle est vieille !

« Et puis qu'importe ! Moi aussi, je suis vieux, bien plus qu'elle, et pourtant on a le même âge, à quelque six mois près. Mais tout ça ne veut rien dire. Moi, tout ce que je demande, c'est de la retrouver telle qu'elle est, même avec des cheveux blancs et des rides - d'ailleurs, j'en ai beaucoup plus qu'elle ! La retrouver et ne plus la quitter au bout de huit jours pour replonger au fond de ce trou boueux avec les rats qui me tournent autour, les fritz qui attendent que je m'endorme pour me saigner et ce sommeil qui m'assomme de plus en plus.

« Je veux la revoir, parce que je me languis d'elle comme c'est pas possible ; que j'en crève et que je suis là comme un con à remuer tout ça et que ce n'est pas bon du tout ! Parce que, nom de Dieu, à force de ruminer, c'est des coups à faire pire que le gamin d'à côté, pire que de chialer.

« Comme je le lui ai dit, au gosse, pleurer, c'est pas

grave, ça ne gêne personne. Mais après, quand on n'en peut plus de souffrir seul dans son coin, et sans bruit, on risque de faire comme ce pauvre Leymarie qui, pour échapper à notre enfer, a cru malin de se tirer une balle dans le pied ! Et maintenant, parce que ça s'est su, il risque de se faire fusiller pour de bon, avec trois doigts de pied en moins et en boitant !

« Et puis, il y a eu aussi ce malheureux Laplanche, de Tulle. Lui, quand il a appris que sa femme avait foutu le camp avec un voisin, un planqué, réformé pour je ne sais quoi, il est sorti de la tranchée en pleine journée et il est monté tout seul à l'assaut, en courant et en déchargeant son Lebel ; et en plus il lançait des grenades et il gueulait : “Allez-y les fridolins, allez-y, fusillez le cocu !”

« Ils ne lui ont pas laissé faire trente mètres...

« Il faut bien dire qu'elle était mignonne sa femme, il faisait voir sa photo à tous les copains. On pouvait voir sur ses joues qu'elle avait ramassé le soleil à travers une écumoire ; et il fallait l'entendre en parler, il ne s'en lassait pas et on en savait sur elle presque autant que lui ! La preuve, personne ne pouvait ignorer que c'était une vraie rousse, qu'elle avait de très beaux seins et qu'elle ronronnait comme une chatte en faisant l'amour ! Il lui écrivait presque tous les jours. Il l'avait épousée en juillet 1914, d'après ce qu'il disait : “Et c'est même pour ça que je n'ai pas eu le temps de lui faire un petit ; pourtant, c'est pas faute d'avoir essayé et souvent, les gars, croyez-moi !” racontait-il.

« Eh bien, un autre lui en fera, des petits, à sa garce de rouquine !

« Bon Dieu, pourquoi je pense à tout ça ? À tout ce que j'essaie de laisser de côté d'habitude, parce que je sais où ça mène ! Mais il faut bien que je songe à quelque chose, à n'importe quoi ou à n'importe qui, juste pour m'occuper la tête et chasser le sommeil.

« Parce que, même s'il reste moins d'une demi-heure avant la relève, si je ne me remue pas la cervelle, je vais faire comme le gamin de la 18, je vais m'écrouler, là, dans la boue et je vais dormir, dormir... Et au diable les rats qui viendront essayer de me bouffer le nez et les yeux, parce que c'est toujours par là qu'ils commencent leur casse-croûte !...

« Ne pas dormir, tenir à tout prix, rester droit et faire travailler ma mémoire... »

« Voyons, pensa-t-il en bâillant à s'en décrocher la mâchoire, que disait la dernière lettre de Marthe, celle d'il y a deux jours ? Oui, qu'il faisait froid mais beau et qu'elle allait faire le bois. Et puis aussi qu'elle dépérit sans moi, qu'elle m'attend, qu'elle n'en peut plus. C'est ça, et puis ? Ah si, elle me parle des enfants.

« Elle m'écrit que Louise travaillait toujours aussi bien, qu'elle avait de très bonnes notes, que la maîtresse, Mme Lagarde, était très contente d'elle et qu'elle aurait sûrement son certificat d'études dans deux ans. La maîtresse dit aussi qu'après le certificat il faudrait que Louise continue des études à Brive. D'après elle, Louise pourrait aller jusqu'à être institutrice ; ça serait bien, c'est un bon métier. Enfin, on verra plus tard, quand M. Lagarde reprendra son poste. Parce que c'est lui le maître en titre, c'est lui qui nous dira ce qui est le mieux, quand on pourra enfin tous rentrer chez nous, les vivants...

« Que me dit Marthe encore ? Oui, c'est à propos de l'autre maîtresse, Mlle Leblanc, une toute jeune qui remplace M. Touzard, ce pauvre vieux de la classe 92 ; lui aussi est au casse-pipe, à quarante-deux ans ! C'est bien honteux quand même d'envoyer des hommes de cet âge au front, honteux !

« À quoi je pensais tout de suite, moi ? À la jeune qui le remplace, c'est ça. Eh bien, il paraît qu'elle n'arrive pas à bout d'Albert ! Marthe me dit qu'il est toujours à faire les quatre cents coups et que la petite maîtresse en devient chèvre. En plus, contrairement à Louise, tout ce qu'on lui dit rentre par une oreille et ressort aussitôt par l'autre. Il ne pense qu'à jouer et il a beaucoup plus de mauvaises notes et de punitions que de bons points !

« J'étais pareil à son âge et Marthe était comme Louise, sérieuse, travailleuse. Mais, comme elle dit toujours : "Les chiens ne font pas des chats", alors... Oui, c'est elle qui a donné son goût de la classe à Louise et moi celui de l'école buissonnière à Albert, normal.

« Mais, à ma prochaine perme, il faudra que je lui dise de mieux travailler, à ce petit ; d'apprendre, pour en savoir un jour plus que moi ; il ne peinera pas trop d'ailleurs ! Moi, je le vois bien, dans la section, je ne suis pas le plus ignorant, non ; mais il y en a quand même pas mal qui sont beaucoup plus forts que moi. Ils sont instruits, ils comprennent, ils peuvent même tout expliquer. Ils parlent bien aussi. Ils sont savants comme l'était ce pauvre Edmond, notre curé que son patron a laissé tuer...

« Moi, comme m'a dit maman quand j'ai raté le certificat, je sais lire, écrire à peu près sans faute et compter, plutôt bien. D'accord, je connais aussi mon métier, c'est déjà beaucoup, mais par rapport à certains copains, c'est rien. Parce qu'eux, ils sont instituteur, comme Magne, de Périgueux ; ou gros commerçant, comme Farges, de Cahors ; ou banquier, comme Leymarie, de Cahors aussi. On a même un rentier, comme Delage, de Brive. Et on a aussi Coudert, qui est libraire à Paris, alors c'est dire !

« D'ailleurs, quelquefois, quand ils discutent entre eux de leur travail ou de tout ce qui leur passe dans la tête, je ne comprends pas toujours ce qu'ils racontent, ni de quoi ils parlent. Ils ne le font pas exprès, ce n'est pas pour faire honte aux autres comme moi et ça ne les rend pas prétentieux du tout.

« Enfin, quand même, j'en connais bien deux ou trois, de ces citadins, qui se croient les plus forts et qui nous méprisent, nous les paysans ; des types comme le petit Riveton, ou le gros Duchamps, des ronds-de-cuir qui se croient les plus forts. Mais ces deux-là, même s'ils étaient encore plus bêtes qu'une pintade, ils se croiraient toujours les plus intelligents du monde ! Ce qu'ils oublient, c'est que, même s'ils se prennent pour le roi de Prusse, ça ne les empêche pas d'être comme moi en ce moment, avec de la boue jusqu'aux genoux, des poux plein le corps et cette foutue pluie qui me glace depuis bientôt deux heures. Et, si ça se trouve, tout malins qu'ils soient, ou qu'ils croient être, ils ont aussi sommeil que moi et ne savent pas comment le combattre !

« Mais pourquoi je pense à ces vilains dédaigneux, moi ? Pour ne pas m'endormir, c'est ça. Non, c'est à cause de la lettre de Marthe et aussi d'Albert qui passe son temps à s'amuser au lieu de travailler. Eh bien, à ma prochaine perme, je lui dirai que l'instruction ne peut faire de mal à personne, au contraire, et qu'un jour il sera content d'en avoir.

« Parce que, même s'il est un jour paysan comme moi, et je ne vois pas pourquoi il ne prendrait pas ma relève, ça lui servira quand même d'être un peu instruit. C'est vrai ça ; moi, avant cette maudite guerre, je n'étais presque pas sorti de chez nous, de la Corrèze. Là où j'avais été le plus loin, hors du département et pendant mon service et aussi pendant ma période, en 7, c'est à La Courtine. Mais La Courtine, surtout en novembre, ça n'apprend pas grand-chose, sauf que c'est un pays perdu et qu'on s'y gèle ! Oui, il a fallu cette saloperie de mobilisation pour que je monte vers le nord.

« Avant, je n'aurais jamais cru qu'il y avait des fermes aussi grandes et belles que celles qu'on a vues dans la Marne, ou ici. Et quand j'ai eu l'occasion de discuter avec les confrères de ces régions, j'ai bien compris que si presque tous n'étaient pas plus instruits que moi, quelques-uns en connaissaient beaucoup plus, question métier. Et c'étaient leurs fermes qui étaient les plus belles de toutes, les mieux tenues, avec tout un tas de matériel dont je n'avais jamais entendu parler et des rendements pas croyables !

« Mais dame, aujourd'hui, qu'elles aient été bien ou mal cultivées par des gars comme moi ou par des plus savants, le résultat est le même. Elles sont toutes foutues, en ruine, pillées. Et qui n'a pas vu des troupeaux entiers avec les pattes en l'air, le ventre comme des ballons et plein de mouches bleues, ne peut pas comprendre ce que ça fait pour un paysan. Quelle honte, quelle misère !

« Et toutes ces terres, si riches, parce que ça se voit tout de suite qu'elles sont riches, il suffit d'y avoir planté la pioche et la pelle pour creuser les tranchées ; on voit tout de suite que c'est de la fameuse terre à blé ou à betterave, et sur plusieurs mètres de fond ! Qu'est-ce que ça doit être bon d'y ancrer sa charrue, d'y tirer des sillons jusqu'à perte de vue et d'y semer ensuite le froment à pleines poignées !

« Oui, mais c'est pas demain la veille que les gars qui les cultivaient, toutes ces terres, pourront s'y atteler ! Elles sont foutues, et pour longtemps ! Pleines de trous d'obus, bourrées de ferraille, de barbelés, de macchabées et de tous ces kilomètres de tranchées qui les massacrent. Quel gâchis !

« N'empêche, quand tout sera fini et qu'on pourra se promener dans ces régions sans se faire tirer comme des lapins, j'aimerais revenir voir ce domaine où on a cantonné pendant près de quinze jours, en juin de l'année dernière, juste avant ma perme. C'était à côté d'Amiens, une ferme de plus de trois cent cinquante hectares, pas croyable ! Je ne savais même pas que ça pouvait exister une telle surface pour un seul propriétaire !

« Le gars qui la possédait était un vrai spécialiste de la terre, une sorte d'ingénieur, un agre... ? comment déjà ? l'ami Edmond me l'avait dit, un... Il savait tout, notre curé, sauf baisser la tête à temps. Oui, il m'avait donné le nom de cet ingénieur, j'ai oublié et c'est pas Edmond qui me renseignera maintenant...

« Il n'était pas fier du tout, cet homme qui essayait de remettre en état tout ce que les autres salauds avaient cassé ou brûlé en août 1914, pendant leur percée vers la mer. Il avait du boulot pour tout rattraper, le pauvre gars ; aussi, avec les copains paysans, dont Édouard, on a essayé de lui donner la main. C'est naturel, on n'allait pas rester à rien foutre alors qu'il tentait d'arranger un peu ses bâtiments et ses terres !

« J'ai eu plaisir à discuter métier avec lui. Et là, sûr qu'il en savait beaucoup plus que moi, et sur tout. Mais il n'était pas prétentieux pour autant et il a tout de suite vu qu'on était de la même partie et qu'on pouvait parler de la terre. Parce que même s'il avait trois cent cinquante hectares et moi moins de dix, c'est toujours de la terre ; ça rapproche ceux qui la travaillent et ça leur permet de se comprendre. C'est important de se comprendre.

« Oui, si tout s'arrange un jour, j'aimerais bien le revoir, cet homme, et savoir comment il a pu réparer sa maison et ses étables et remettre ses champs en état. Voilà ce qu'il faudra que je raconte à Albert pour lui faire comprendre qu'il faut travailler et s'instruire, même si on est paysan.

« Et à part les enfants, de qui m'a encore parlé Marthe ? De maman, c'est ça. Elle a beau m'écrire qu'elle ne va pas plus mal, je pense qu'elle dit ça pour que je ne m'inquiète pas. Pourtant, à mon avis, il y a de quoi. Parce que telle que je la connais, maman, et solide comme elle l'était, si elle ne sort presque plus du lit c'est que ça va mal. Pauvre femme, la vie n'aura pas été bien gentille avec elle. Quand on pense qu'elle n'avait que vingt-deux ans quand elle s'est retrouvée veuve ; c'est pas vieux pour traverser toute seule la vie.

« Bah ! il faut bien dire que, maintenant, les veuves de cet âge, ou même plus jeunes, ne manquent pas ! Ça n'étonne plus personne ! N'empêche, si elle ne quitte plus le lit, c'est pas bon signe du tout. Et ça m'emmerde encore plus d'être ici au lieu d'être aux Combettes à ses côtés. Bon Dieu, pourvu qu'elle ne nous fasse pas comme la mémé ! Elle est beaucoup moins âgée, mais quand même, il ne faut pas oublier qu'elle aussi en a fait beaucoup dans sa vie ; comme la mémé d'ailleurs. Je l'aimais bien, la mémé : elle était calme, résignée peut-être, mais douce et pas méchante pour un sou. Enfin, elle a eu la chance de partir en dormant, c'est déjà bien. Mais quand même, son départ a fait un vide dans la maison et a donné davantage de travail à Marthe, comme si elle avait besoin de ça !

« Qu'est-ce qu'elle m'a dit en plus, dans sa lettre ? Ah oui, qu'elle a profité de l'hiver pour apporter les socs du brabant chez Victor. Il paraît qu'il faut les recharger. C'est vrai que notre terre est une sacrée meule pour l'acier, ça l'use en un rien de temps. Et si Marthe estime qu'ils sont érodés, c'est sûrement vrai.

« C'est incroyable quand on y pense, elle connaît mieux ce brabant que moi ! Elle laboure avec depuis bientôt trois ans et elle sait y faire ! Pourtant, pour elle, il doit être sacrément lourd. Je l'ai bien vu la seule fois où j'ai pu l'essayer, ça faisait deux ans que j'attendais ça ! C'était début avril de cette année, pendant ma perme, quand on a planté les pommes de terre. C'est tout juste si ce n'est pas Marthe qui m'a appris à m'en servir ! Quelle époque de fous on vit ! N'empêche, ce brabant, dès la guerre finie, parole, je me ferai plaisir et je me rattraperai avec lui de tous les labours dont cette foutue guerre m'a privé.

« Maintenant, je crève de fatigue et je n'ai même plus envie de me souvenir des lettres de Marthe. Je n'en peux plus de sommeil ; et si les autres ne viennent pas me relever bientôt, sûr que je m'écroule et que rien ne me réveillera, pas même les rats... »

Mercredi 20 décembre 1916

Ferme des Combettes. 23 heures 40

« Minuit moins vingt, je vais bientôt pouvoir y aller, soupira Marthe en frottant ses yeux maintenant rouges de fatigue ; mais avant, il faut que je sois sûre de m'endormir tout de suite ; autrement mon attente au coin du feu aura été inutile et tout ce que j'ai encore sur le cœur et dans la tête va me tenir éveillée dans le noir, et pour longtemps.

« Alors, tant qu'à faire, attendre encore un peu ici. Attendre au moins jusqu'à minuit, comme chaque soir, et profiter de cette fatigue qui m'écrase de plus en plus pour vider enfin l'abcès en espérant que le sommeil qui va m'assommer bientôt emportera cette angoisse qui me ronge. Car même si ça fait mal, comme de creuser une dent gâtée avant de se rincer la bouche à l'eau-de-vie, je dois aller jusqu'au bout pour tenter de me débarrasser, pour un temps, de ce souvenir affreux qui m'écrase et me terrorise.

« Il faut que j'affronte cette horreur que je porte en moi comme une plaie purulente, que je me batte pour repousser cette peur qui me torture à l'idée d'avoir, moi aussi, à vivre l'horrible expérience que je redoute. Et il me faut gratter cette blessure ici, au coin du feu qui me rassure un peu et dont la lueur rend moins sinistres les cris et les images qui seront insoutenables si je les laisse m'assaillir tout à l'heure, dans l'obscurité de la chambre.

« Car si je ne domestique pas un peu et tout de suite ces visions, elles vont venir me torturer dès que j'aurai étouffé la lampe, et le cauchemar éveillé sera aussitôt là, comme un chien enragé que rien n'arrête. Ce cauchemar comme celui vécu il y a un mois, juste un mois aujourd'hui, en cette fin de matinée du 20 novembre, un lundi, maudit lundi... »

« Un mois aujourd'hui. Le docteur Treillard, venu faire une piqûre à Octavine car elle n'allait pas très fort, venait juste de repartir pour Coste-Blanc. Il faisait beau, frais mais beau, et j'étais dans la cour en train de donner un peu de grain à la volaille lorsque le hurlement a retenti.

« Jamais, jusqu'à mon dernier souffle, je n'oublierai cette longue et insoutenable plainte qui a résonné de vallon en vallon. Et ce cri de détresse était si puissant qu'il a fait s'envoler un gros vol de palombes jusque-là occupées à gober les glands dans notre chênaie, à cent pas d'ici ; il était tellement inhumain et pitoyable, ce cri, tellement chargé d'une indicible douleur, que j'ai tout de suite compris.

« Alors, sans même prévenir Octavine, qui d'ailleurs somnolait et n'avait pas besoin de moi, j'ai couru vers le Pradel, cœur au bord des lèvres. J'ai couru chez Francette, vers cette ferme d'où fusait toujours ce terrorisant et pathétique chant de détresse. Et j'ai parcouru les cinq cents pas qui nous séparent du Pradel en serrant les dents, pour ne pas joindre mes gémissements à ceux de mon amie. À ceux de Francette, folle de douleur au milieu de la cour, qui se frappait le visage et le crâne de ses poings et que tentait en vain de calmer Victor Delbos, ce pauvre maire, une fois de plus messager de la mort.

« Je revois la scène. Je la revois et je la redoute car je sais qu'elle me menace et que, demain peut-être, Victor Delbos sera là, figé devant moi, défait, muet ; qu'il sera là et n'aura rien à dire, rien à annoncer puisque sa seule présence proclamera la nouvelle.

« Je revois la scène et je la refuse ; je la rejette tout de suite, comme chaque soir depuis un mois.

« Je revois Francette, anéantie et qui se martèle la face comme pour se punir d'avoir trop aimé et trop attendu celui dont la définitive absence la rend maintenant folle, décidée à se jeter dans le puits, ouvert devant elle, et dont Victor lui interdit l'approche en la retenant à bout de bras.

« Je revois ses parents, le vieux Clément, tout perclus et qui pleure sans bruit, presque avec honte, comme pleurent les hommes, mais dont les larmes perlent au bout de la moustache blanche.

« Je revois sa mère, anéantie et tout en larmes muettes, elle aussi, qui tente de cacher sa détresse, qui se retient car le petit André, de deux ans, qui vient sans doute de sortir du sommeil, maintenant cramponné à son tablier, la regarde sans comprendre encore ; ce fils qu'Édouard désirait tant, désormais seul porteur du nom, dont les yeux papillonnent, prêts à déverser leurs flots de larmes, dont les lèvres frémissent et annoncent les pleurs imminents.

« Je revois Francette qui découvre ma présence, échappe à Victor et se jette sur moi, me frappe et me griffe. Non pour me faire mal ou me blesser, mais parce qu'elle a besoin d'agir, de taper comme elle hurle. Francette qui accuse le monde entier, et même moi, et qui n'a pas tort de le faire. Francette qui, soudain, crie en me serrant dans ses bras, en s'accrochant à moi comme une perdue, une enfant terrorisée ; et qui, après m'avoir frappée, m'embrasse et m'enlace en répétant entre deux sanglots :

« — Pourquoi c'est toi qui es toujours favorisée ? Pourquoi ? Déjà, à l'école, c'était toi qui avais Jean pour te protéger ! Tu as toujours eu plus de chance que moi, toujours ! C'est pas juste ! Pourquoi Édouard et pas un autre ? Pourquoi lui et pas Jean ? Pourquoi mon homme est mort et pas le tien ?

« Et moi qui ne peux rien dire car il serait atroce de lui avouer, de m'avouer, que sa peine, que je partage, est égoïstement atténuée parce que, justement, c'est Édouard qui est parti, pas Jean...

« Moi qui ne peux rien dire car je ne veux formuler l'abominable évidence, à savoir que l'un n'empêche pas l'autre, que la mort d'Édouard ne garantit pas la vie de Jean et que peut-être, déjà... puisque là-bas, sur le front, chaque seconde est un risque...

« Car tel est mon cauchemar maintenant, ma hantise. Comment pourrait-il en être autrement puisque la mort qui frappait déjà alentour depuis vingt-huit mois vient de franchir un nouveau pas dans ma direction. Qu'elle est désormais installée là, dans cette ferme du Pradel, à portée de voix et de cris de chez nous. Là, dans les pitoyables sanglots de Francette, mon amie de toujours, ma sœur, qui ressasse cette question à laquelle je ne peux répondre : "Pourquoi lui et pas un autre ?"

« Ce matin-là, je n'ai rien su dire. Je n'ai pu que tenter de calmer Francette en la conduisant jusque dans la maison. Là, je l'ai fait asseoir dans le cantou et je me suis glissée à côté d'elle ; juste pour être là, la tenir dans mes bras. Pour être là à écouter sa plainte, en me taisant car aucun mot n'avait de sens. »

« Plus tard, de retour ici, lorsque j'ai eu, sinon la certitude, du moins le sentiment que Francette ne commettrait pas l'irréparable en se jetant dans le puits, et que j'ai vu ses quatre filles, retour de l'école et malgré leurs flots de larmes, former autour d'elle une bonne garde, j'ai dû subir les reproches d'Octavine.

« Elle s'était levée malgré sa faiblesse et s'était traînée jusqu'au coin du feu.

« — Où diable étiez-vous passée ? Je vous appelle depuis plus de trois heures ! Vous croyez que c'est sérieux, ça ? me lança-t-elle.

« — J'étais au Pradel, avec Francette, Édouard s'est fait tuer...

« — Ah ! Quand ?

« — Avant-hier, d'après le maire, un obus...

« — Ah ! redit-elle, un peu dépitée et en remuant les braises.

« Mais elle avait trop couvé sa colère pour en rester là, trop ruminé les mauvaises phrases qu'elle me destinait pour ne pas trouver le moyen de cracher son venin :

« — N'empêche, grinça-t-elle, vous auriez dû me prévenir en partant et aussi tremper la soupe ! Il a fallu que je le fasse et ça m'a fatiguée un peu plus !

« — Francette est veuve et vous me parlez de votre soupe ?

« — Et pourquoi pas ! C'est bien triste que Francette soit veuve, mais ce n'est pas la première, ni la dernière, ni la seule à qui ça arrive ! Et il ne faut pas que ça empêche la maison de tourner et la soupe d'être trempée à l'heure ! Parce que si vous commencez comme ça...

« — Quoi, si je commence... ?

« — Je me comprends... Moi, ma petite, quand j'ai perdu mon mari, j'étais seule. Seule avec ma pauvre mère, veuve elle aussi, et avec Jean qui n'avait que deux ans ! Et personne n'est venu nous donner la main, personne !

« — Ça ne m'étonne pas, on ne va aider que ceux qui le méritent ! Et maintenant, retournez au lit, et vite ! Vous ne tenez plus debout et vous allez être encore plus malade que vous ne l'êtes et ça me donnera encore plus de travail !

« — C'est ça, dites tout de suite que je vous suis une charge !

« — Parfaitement ! Mais moi, je vous soigne quand même. Oh, pas pour vous, pour Jean ! Et tenez-vous pour dit que j'irai chez Francette tous les jours et aussi longtemps qu'il le faudra ! Et si ça ne vous plaît pas, c'est pareil ! Mais portez pas peine, je penserai à tremper votre soupe avant de partir !

« Elle a rejoint son lit en maugréant que, décidément et comme elle l'avait toujours dit, Jean avait fait le pire des choix en m'épousant. Mais ça, je l'entends si souvent et depuis si longtemps que je comprendrai qu'Octavine est au plus bas lorsqu'elle cessera de le seriner ! D'ailleurs, ça n'a aucune importance, je sais, moi, ce que pense Jean et ça me suffit. »

« Maintenant je vais enfin pouvoir dormir. Me reposer pendant cinq heures, pas plus, si je ne veux pas que Francette me trouve encore à l'étable quand elle arrivera pour aller prendre avec moi le train de sept heures six à Noailles.

« Francette qui a vieilli de vingt ans, mais qui, maintenant, a décidé de lutter et qui, depuis quelques jours, vient m'aider à faire le bois.

« — Tu sais bien que je n'ai jamais oublié que tu étais venue moissonner chez nous. Alors maintenant que ta belle-mère est au lit, il faut bien que quelqu'un t'aide à tirer le passe-partout, m'a-t-elle dit avec son sourire désormais si poignant.

« Mais il est bon qu'elle veuille réagir. La preuve, demain, pour la première fois depuis le drame, elle va reprendre l'habitude de me suivre comme naguère à Brive pour y vendre ses légumes, ses noix, sa volaille.

« C'est bien, mais j'ai peur pour elle, car c'est aussi la première fois qu'elle va affronter la ville et ses fidèles clientes dans ses habits de deuil. Je crains pour elle les questions, peut-être, les regards aussi, et la gêne, sûrement, qu'elle va susciter. Car je sais à quel point la mort que sa tenue proclame engendre l'embarras chez ceux qui la découvrent et ne savent que dire.

« Déjà, à Coste-Blanc, où elle est venue plusieurs fois avec moi, j'ai vu la réaction apeurée, parfois même la frayeur, que sa condition de veuve engendre. Alors, qu'en sera-t-il demain à Brive, au milieu des clientes du marché qui la verront soudain, comprendront et, pour beaucoup, préféreront fuir? Fuir cette image de la mort qu'elle incarne et qui terrifie tout le monde.

« Je redoute pour elle cette nouvelle épreuve, et j'ai même des remords d'avoir beaucoup insisté pour qu'elle me suive, pour qu'elle sorte du Pradel et fasse front. Elle a accepté, car maintenant elle veut se battre, lutter. Elle a compris que ses cinq petits ont besoin d'elle et de cette force qu'elle retrouve peu à peu, de jour en jour, et qui les rassure. Mais, ce faisant, elle se durcit à tel point que, sans même s'en rendre compte, sans mesurer ses propos, elle assène de terribles vérités, des évidences qui me bouleversent.

Ainsi, voilà deux jours, m'a-t-elle dit, sans y prendre garde et avec son pauvre sourire :

« — Moi, maintenant, je ne m'inquiète plus. Je n'ai plus besoin de savoir où en est la guerre, ni d'attendre chaque jour des lettres qui ne viendront plus. Je n'ai plus peur...

« Moi, si ! Toujours ! Et puisque minuit va bientôt sonner et qu'un nouveau jour commencera, il y aura tout à l'heure huit cent soixante-douze jours que Jean est parti, que je l'attends et que j'ai peur, peur... »

Mercredi 20 décembre 1916

Tranchée des Revenants. 23 heures 50

Malgré la somnolence de plus en plus épaisse dans laquelle il sombrait, Jean perçut un bruit qui n'était pas celui d'une bande de rats en vadrouille se faufilant sous les chevaux de frise. C'était le grincement furtif de quelques pièces et caissons d'artillerie en déplacement vers Barleux, là-bas, dans les positions allemandes.

« Qu'est-ce qu'ils mijotent encore, ceux-là ? » pensa-t-il en se hissant sur la banquette de tir et en jetant un coup d'œil entre deux sacs de sable.

Mais la nuit était tellement épaisse et la pluie si dense qu'il ne put rien voir, pas même si le glacis qui séparait les avant-postes était désert.

C'est au son qu'il eut confirmation que le bruit provenait d'un peu plus loin.

« Oui, il s'agit bien de grincements d'essieux, se dit-il, mais va savoir ce qu'ils foutent à cette heure, ces salauds ? Ils préparent certainement un sale coup pour cette nuit, de quoi nous en mettre plein la gueule. Il faudra que j'en rende compte tout à l'heure aux gars de la relève. »

— C'est quoi tout ce bordel, là, juste devant nous ? C'est pas des rats cette fois, c'est sûr ! entendit-il.

Il reconnut la voix angoissée du jeune de la classe 18, comprit que celui-ci avait une fois de plus quitté son poste et qu'il était là, tout proche.

— Je t'ai déjà dit de ne pas gueuler si fort ! Tu vas finir par nous faire repérer ! Et je t'ai dit aussi de ne pas bouger de ta place ! lui reprocha-t-il.

— Je reste plus tout seul là-bas, moi, prévint Louis Vergne en se glissant à côté de Jean. Ah non ! je reste plus tout seul ! Sûr qu'ils sont là, juste devant, à moins de vingt mètres et qu'ils vont m'attaquer !

— Dis pas de conneries ! Ils sont toujours à Barleux et ce que tu entends c'est le déplacement de pièces d'artillerie.

— Des pièces d'artillerie qui font ce boucan, là, tout à côté ? Tu te fous de moi ! Je suis certain que les boches sont là, en train de ramper vers moi et qu'ils vont m'attaquer... Tiens, écoute ! Écoute, bon Dieu !

— Oui, et alors ? dit Jean après quelques secondes d'attention. Tu entends aussi bien que moi : ce sont les moyeux de quelque 77 ou 105 qui sont pleins de boue et qui grincent. Rien d'autre, et c'est loin. Allez, va reprendre ta place. La relève va arriver d'une minute à l'autre. File, je te dis !

— Non, non ! Moi, je bouge plus d'ici !

— Dégage avant que je te botte les fesses, file !

— Salaud ! dit le jeune en reculant un peu. Mais tu es sûr qu'ils sont loin ? insista-t-il.

— Certain.

— Et pourquoi tu expédies pas une fusée éclairante, comme ça, on verrait ! Si tu ne le fais pas, moi je le fais !

— Ben pardi ! T'amuse surtout pas à faire cette connerie, hein !

— Et pourquoi ? Elles servent bien à éclairer, ces fusées, non ?

— Tu es vraiment un bleubite, tu as tout à apprendre ! Tu n'as pas vu tout à l'heure comment ça a déclenché le tir de tout le monde ? Alors, maintenant qu'on va pouvoir aller roupiller, c'est pas le moment de nous payer un feu d'artifice qui retardera les gars de la relève et prolongera notre garde ! Maintenant, va rejoindre ton poste !

— J'ai peur, j'en crève...

— Je t'ai déjà dit que moi aussi...

— On ne le dirait pas.

— Ne te fie pas aux apparences, petit. Moi, j'ai peur depuis mon baptême du feu, à Blagny, le 24 août 14. Voilà, tu es rassuré ?

— Non, pas du tout. Je suis sûr que les boches sont là, tout à côté, et qu'ils vont me sauter dessus dès que j'aurai rejoint mon trou. Et j'ai tellement peur que je n'ai même plus envie de pisser, ni du reste, parce que c'est déjà fait, même que j'en ai partout...

— T'es pas le premier, ni le dernier à qui ça arrive ; c'est pas grave, ça. Mais écoute, petit, tu t'es mis dans la tête que les boches sont là, à dix mètres ; c'est faux. On sait très bien que leurs plus proches tranchées sont au moins à cinquante mètres, enfin, théoriquement et à quelques mètres près... Et on sait aussi que, dans ces tranchées, il y a des types qui ont autant la trouille que toi et moi et autant sommeil. Des gars qui n'ont pas plus envie que nous d'aller au casse-pipe et qui attendent eux aussi la relève. Alors pourquoi veux-tu qu'ils viennent ? Allez, dégage maintenant !

— N'empêche, si j'entends ce même bruit, là-bas, juste devant moi, j'envoie une éclairante ! On saura au moins à quoi s'en tenir ! prévint le jeune en s'éloignant.

« Qu'il fasse ce qu'il veut, pensa Jean, après tout, personne peut savoir quel sera le résultat. Pas plus que ce pauvre Édouard ne pouvait deviner que sa décision le tuerait aussi sûrement que s'il s'était mis une balle dans la tête... »

« Pauvre Édouard, pauvre vieux frère. Bon Dieu, c'est pas croyable ce qu'il me manque, se dit Jean en se reprochant une fois de plus de ranimer ce souvenir si poignant.

« Bon Dieu, à quoi ça tient la vie ? à rien, à un détail ; une connerie quelquefois, ou une gentillesse, un dévouement comme celui d'Édouard... Parce que, nom de Dieu de bon Dieu, ce 18 novembre, tiens, ça a fait juste un mois avant-hier, oui, ce 18, c'était pas à lui d'être de corvée de ravitaillement ! Lui et moi, on l'avait été la veille, quand on était dans le village de Flaucourt, pas loin d'ici. Un coin pourtant presque peinard, tranquille, du moins en ce qui concernait les assauts. On était là-bas pour remettre les tranchées en état, un peu comme ici, quoi. Et si ces enfoirés de fritz ne nous avaient pas canardés à coups de 210, depuis les positions qu'ils tiennent au mont Saint-Quentin et à Éterpigny, à plus de cinq kilomètres de nous, on se serait presque crus au cantonnement et au repos. Sauf qu'on était déjà dans la boue et qu'il pleuvait autant qu'aujourd'hui !

« Oui, mis à part les salves qui arrivaient un peu trop souvent pour nous rappeler qu'on n'était pas à l'abri des pruneaux, on était tranquilles.

« On avait fini de consolider et de nettoyer notre portion de tranchée et on était en train de taper la belote dans notre coin avec Édouard, Charles et André, lorsque le sergent, cette andouille de Flécalni, est venu rappeler que les gars de corvée devaient aller chercher la bouffe pour midi.

« La corvée de soupe, ça a toujours été un piège à cons. Parce que, pas fous les cuistots, ils font comme les artilleurs, ils s'installent toujours loin des premières lignes, le plus loin possible. Alors, pour les rejoindre, il faut, neuf fois sur dix, sortir des tranchées et galoper tant bien que mal jusqu'à eux.

« Et là, dans le secteur de Flaucourt, il y avait plus de six cents mètres à faire au milieu des trous d'obus, pour atteindre la roulante ! Déjà, la veille, avec Édouard, on avait foutu presque toute la tambouille par terre en revenant avec nos bouthéons. Parce qu'en entendant le sifflement que fait un 210 en tombant, je défie quiconque de ne pas se jeter dans le premier trou qu'il trouve, même s'il est plein de flotte et de macchabées ; et c'est ce que nous avons fait, avec l'ami Édouard ; et le rata des copains, terminé, enfin, presque tout...

« — Ils ne vont pas être contents, les poteaux, m'a dit Édouard quand on est sortis de notre trou, il ne reste plus rien... Ah si, quand même, juste un peu de singe en sauce. Dame, il a pris un chouïa de boue en plus, mais ils feront avec...

« Nous deux, on s'en foutait un peu, car il faut bien que d'être de corvée de ravitaillement ait un petit avantage. Avant de revenir avec la ration des copains, on mange aux cuisines. C'est pas meilleur, mais au moins c'est chaud, et si le cuistot n'est pas un salaud il y a toujours du rab.

« Enfin, ce jour-là, à cause de ce foutu obus, on n'a pas rapporté grand-chose ; mais bon, c'est la routine. Oui, la veille de ce maudit 18 novembre, on était de corvée de ravitaillement, Édouard et moi. Alors personne ne saura jamais ce qui lui a pris à Édouard de prendre la place de Charles, le lendemain...

« D'accord, Charles Vialle aussi est un bon copain. Il est de Saint-Hilaire-les-Courbes - les Courges, comme on dit par chez nous ! -, un pays perdu au-dessus de Treignac. Je n'y ai jamais mis les pieds et, d'après ce qu'il nous en a dit, il n'y a pas d'obligation à le faire parce que c'est quasiment aussi perdu que La Courtine ! Mais enfin, bon, c'est un brave, Charles ; il est de la 2, comme moi, et paysan, comme beaucoup dans la section.

« C'était lui qui était de corvée, ce jour-là, lui et André Mouly. André, il était épicier à Argentat, un bon copain de la 3, il avait quatre gosses...

« Saloperie de malchance. Mais bon, c'est vrai que personne n'a obligé mon vieux pote Édouard à être volontaire. Bon Dieu, qu'est-ce qu'il était brave, Édouard, un frère pour moi qui n'en ai jamais eu ! Il m'aurait donné sa chemise si je la lui avais demandée ; il était toujours prêt à rendre service, à croire que ça lui faisait plaisir.

« Et ce jour du 18, j'entends encore ce vilain con de Flécalni qui débarque et engueule Charles et André parce qu'ils auraient déjà dû être partis vers les cuisines. C'est vrai qu'ils avaient un peu traîné parce qu'ils gagnaient ; ils étaient partenaires et, ce matin-là, ils avaient un jeu d'enfer. Avec Édouard, on était bien partis pour finir capot. Et l'autre abruti arrive et gueule, pire qu'un goret qu'on castre :

« — Nom de Dieu, Mouly et Vialle, je vais vous foutre un rapport au cul ! Vous devriez déjà être revenus avec le repas !

« J'entends encore Charles qui rigole en faisant voir son pied bandé. Il avait reçu un petit éclat la veille et, s'il n'était pas dispensé de garde, le major lui avait dit de ne pas trop marcher ; d'ailleurs il ne pouvait pas, enfin, pas beaucoup et pas vite.

« — Et alors ? Tu crois que c'est moi qui vais y aller à ta place ? a gueulé le serpate.

« — Non, mais moi je peux pas y aller non plus. Ou alors il va me falloir dix fois plus de temps pour ramener le rata ; il risque d'être plutôt froid à mon retour...

« C'est alors qu'Édouard a posé ses cartes :

« — De toute façon, a-t-il dit, aujourd'hui j'ai un jeu de merde, sûr de sûr que ma Francette m'est fidèle, c'est pas comme vos femmes, les gars, vous avez un pot de cocus ! À mon avis, à cette heure, vos petites sont au lit, sous un matou, et les jambes en l'air ! s'est-il amusé en regardant Charles et André. Bon, j'y vais à ta place, Charles. À charge de revanche quand j'aurai comme toi la chance d'avoir une petite blessure qui permet de couper aux corvées. Tu viens, André ; si on attend trop, le sergent va nous faire une syncope !

« Il était comme ça, Édouard. Je l'ai toujours connu comme ça. Déjà, pendant notre service, au 14e de ligne, il était toujours prêt à aider les copains, toujours. Ensuite, quand il a eu épousé Francette et qu'il est devenu notre plus proche voisin, il a toujours été le premier à venir lorsque j'avais besoin d'un coup de main, pour rentrer les foins ou les moissons, quand l'orage menaçait ; ou encore pour m'aider à battre au fléau avant que Teyssandier, l'entrepreneur, n'arrive avec sa batteuse. Et il est venu aussi quand j'ai replanté la vigne, en 1907, quand le phylloxéra a eu tué le dernier vieux plant. C'est avec lui qu'on a défoncé le terrain à la main, sur cinquante centimètres de profondeur, et qu'on y a mis les plants américains.

« Édouard a toujours été là quand j'avais besoin d'aide. Édouard qui m'a laissé seul comme un âne. Il était de Perpezac-le-Blanc, je n'y ai encore jamais mis les pieds, dans ce pays, mais sûr de sûr, si je réchappe de ce putain d'enfer, j'irai là-haut. J'irai voir sa mère, je sais qu'elle vit encore, la pauvre ; j'irai et je lui dirai que mon ami Édouard était le meilleur du monde et qu'elle peut être fière de lui. Et je le dirai à tous, là-bas, à tous ceux de Perpezac ! Je leur dirai qu'il ne méritait pas de mourir aussi connement, parce qu'il était le meilleur ; oui, ils le sauront, tous, qu'il était mon ami !

« Ah, nom de Dieu ! Que tout ça est fou ! Pourquoi est-il parti, lui, alors que des pourritures comme l'adjudant Velliroux et des andouilles comme Flécalni sont toujours là et en bonne santé ? Pourquoi lui, et pas eux ? Et pourquoi lui et pas moi ? Qui c'est qui décide de tout ça ?

« Édouard, mon vieux pote ! Je le revois s'éloignant dans la tranchée, il rigolait avec André. Il faut dire qu'André avait toujours des blagues à sortir, je ne sais pas où il allait les chercher, mais elles venaient toujours au bon moment.

« Avec Charles et quelques autres copains, on les a vus partir ; ils ont d'abord suivi la première tranchée puis sont sortis sur les champs défoncés pour galoper vers les cuisines. C'est alors qu'on a tous entendu miauler les obus de 210. Ils sont d'abord arrivés par paquets de trois, un court, un long, un au but ; parce que les artiflots boches voulaient régler leur tir avant d'envoyer la purée par douze ou quinze...

« C'est moi qui, le premier, ai passé la tête au-dessus du parapet de la tranchée et là, je n'ai pas tout de suite compris pourquoi, malgré le tir, Édouard et André continuaient à courir vers l'arrière. À courir vite, mais pas assez. Parce que je l'ai entendu arriver, cet enfoiré d'obus, et presque vu. Il est passé au-dessus de nous avec ce bruit, qui ne trompe personne, de carton qui se déchire.

« Là-bas, à deux cents mètres, Édouard et André couraient. Je n'ai vu que l'explosion, là, pile sur eux, exactement sur eux. Le pointeur boche ne pouvait pas faire mieux, juste sur eux...

« Quand on a pu aller voir, lorsque les autres salauds en ont eu marre de brûler leur poudre, on n'a rien retrouvé, ni d'Édouard ni d'André ; ou plutôt si, quelques fragments de viande dans quelques morceaux de tissu, mais personne n'a pu dire de qui ils provenaient.

« Saloperie de saloperie, c'est comme ça que mon ami Édouard nous a tiré sa révérence. Je sais que Marthe fait tout pour aider Francette. Pauvre Francette, si drôle jadis, et qui, d'après Marthe, n'en peut plus de vivre, tant elle a pris d'âge en quelques heures ; Marthe m'a même prévenu que je risquais de ne pas la reconnaître à ma prochaine perme...

« Pauvre Francette qui ne pourra même jamais aller se recueillir au cimetière de Coste-Blanc puisqu'on n'a rien pu lui renvoyer de son Édouard, rien. Le peu qui était resté de lui, ou d'André, est resté sur place, car un quart d'heure après ce pilonnage, les autres salauds ont remis ça, en pire. Quand on est revenu voir où étaient les amis, on n'a même pas retrouvé l'emplacement...

« Mais moi, si les autres planqués de l'état-major se décident enfin à me donner ma perme, la première chose que je vais faire après avoir retrouvé Marthe et mes petits, c'est d'aller voir Francette. Et je lui dirai que son homme était le meilleur de tous, qu'il était mon frère et qu'elle est maintenant ma petite sœur ; ma petite sœur et qu'avec Marthe, on va l'aider à vivre, elle et ses cinq petits, en souvenir d'Édouard. »

Mercredi 20 décembre 1916

Ferme des Combettes. 23 heures 55

« Cette fois, je peux y aller, pensa Marthe en entendant s'égrener les douze coups de minuit. Oui, même avec cinq minutes d'avance, je dois pouvoir dormir... »

Elle en était maintenant à un tel point d'épuisement qu'elle se sentait prête à s'assoupir là, au coin du feu.

Elle observa une dernière fois son travail de la soirée, estima que le tricot était bien avancé et le plia avec soin dans une serviette après avoir fiché les aiguilles dans la pelote de laine. Puis elle baissa au maximum la mèche de la lampe à pétrole et entra dans la chambre.

Là, après avoir vérifié que Louise et Albert étaient bien couverts, elle souffla sur la petite flamme bleue et rejoignit son lit à tâtons. Elle en apprécia la tiédeur car la grosse bouillotte posée en son centre depuis le début de la veillée avait chassé le froid et l'humidité.

« Oui, je vais enfin dormir », soupira-t-elle en se

recroquevillant comme chaque soir à l'emplacement qu'occupait Jean, avant la guerre...

Il était 0 heure 10, en ce 21 décembre 1916, lorsque Marthe, épuisée, plongea enfin dans le sommeil...

Jeudi 21 décembre 1916

Tranchée des Revenants. 0 heure 05

« Ah ! voilà enfin les copains, pensa Jean en entendant dans la tranchée les discrets chuchotements des hommes de la relève et le bruit de leurs godillots s'enfonçant dans la boue. »

Il venait de mettre son Lebel à l'épaule lorsqu'un sifflement strident déchira l'air, là, tout près, à l'emplacement occupé par le gosse de la 18.

« Ah, le con ! Il a pris les gars de chez nous pour des boches ! gronda-t-il en s'accroupissant, il a lancé une éclairante ! Bon Dieu, pourvu qu'en plus il ne leur tire pas dessus ! Avec la trouille qu'il a, il est capable de tout ! »

— Surtout, joue pas les couillons, petit ! jeta-t-il. C'est les copains qui arrivent ! Les copains !

« Quelle garce d'éclairante ! se dit-il, si les pourris d'en face ne repèrent pas d'où elle est partie, c'est qu'ils roupillent encore plus que nous, mais ça serait trop beau. Bon sang, ils doivent voir nos lignes comme en plein jour ! »

En effet, bien avant que la fusée ait fini sa combustion éclatèrent les rafales de deux mitrailleuses Maxim, aussitôt suivies par un tir de mortier.

« Les salauds, pensa-t-il, vu la distance qui nous sépare, ils doivent presque tirer avec les tubes à la verticale ! Si encore un de leurs pruneaux pouvait leur retomber sur la gueule ! »

Ce fut le quatrième obus qui explosa à trois mètres de lui.

Il était minuit un quart dans la tranchée des Revenants, et il y avait huit cent soixante-douze jours que Jean avait quitté la ferme des Combettes.

Jeudi 21 décembre 1916

Hôpital militaire d'Amiens. 12 heures

— Te plains pas, mon gars, et pense un jour à remercier le gamin qui t'a porté jusqu'au poste de secours après t'avoir fait un garrot. Oui, il paraît que c'est un gosse de la classe 18. Il aura la croix, il la mérite, assura le médecin-major penché vers Jean.

Jean qui venait de sortir de plusieurs heures d'inconscience, de délire, mais pas de cette insupportable douleur qui était toujours là, terrible, à hurler.

— Te plains pas, insista le major, le petit t'a sauvé la vie ; sans lui, tu te serais vidé en un rien de temps. Il a su te faire sur la fémorale la pression qu'il fallait, et sans ça... Enfin, tu sais ce que c'est... C'est aussi la boue qui t'a protégé, paraît-il, elle a beaucoup amorti l'explosion... Et tu peux me dire merci aussi ; je t'ai sauvé une jambe, la gauche. L'autre, j'ai dû la couper au genou, et sans peine parce que le plus gros était fait... Maintenant, tu t'en tireras. Pardi, c'est mieux de pouvoir marcher avec les deux pattes ; mais, tu verras, avec un bon pilon, tu pourras bientôt galoper... Je te le dis : ne te plains pas trop ; dans le fond, tu as de la chance...

Samedi 23 décembre 1916

Ferme des Combettes

Parce qu'il savait à quel point sa visite était redoutée dans toutes les fermes de la commune et déclenchait des flots de larmes, le maire de Coste-Blanc ne se rendit pas aux Combettes, en cette matinée du 23 décembre.

Il venait d'être informé que le première classe Jean Laval avait été grièvement blessé l'avant-veille, en un point non spécifié du front ; blessé mais bien vivant, avec cependant une jambe amputée ; la dépêche ne disait pas laquelle.

Mais pour Victor Delbos qui, depuis huit cent soixante-quatorze jours, prenait toujours connaissance des télégrammes officiels avec angoisse et avait déjà fait dix-huit visites mortuaires, ce fut avec soulagement qu'il apprit que Jean n'était pas mort.

Aussi, pour ne pas effrayer Marthe et porter un mauvais coup à Octavine qu'il savait alitée, confia-t-il au garde champêtre, le vieux Julien Mas, le soin d'aller prévenir Marthe.

— T'as qu'à lui dire d'abord que Jean est un petit peu blessé, pas mal blessé même. Arrange ça, quoi !

insista-t-il. Mais après, dis-lui bien qu'il n'est pas mort, pas mort du tout ! Après, pour sa jambe en moins, fais pour le mieux...

Ce soir-là, 23 décembre 1916, Marthe alla se coucher à 22 heures et s'endormit presque aussitôt.

Elle sombra dans le sommeil : malgré sa grave blessure, Jean était vivant. Vivant. Pour lui comme pour elle, la guerre était finie, et la peur.

Marcillac, 11 décembre 2002

Photocomposition *CMB* Graphic
44800 Saint-Herblain

Aubin Imprimeur
LIGUGÉ, POITIERS

Achevé d'imprimer en mai 2003
pour le compte de France Loisirs
123, bd de Grenelle, 75015 Paris
N° d'édition 38759 / N° d'impression L 65239
Dépôt légal, mai 2003
Imprimé en France